Carta

Prima edizione: Marzo 2017
Seconda edizione: Settembre 2017
Terza edizione: Giugno 2018
Quarta edizione: Gennaio 2020
Quinta edizione: Luglio 2021

[ISBN-978-88-7475-562-2]

del Gruppo Editoriale Tabula Fati
66100 Chieti - Via Colonnetta n. 148
Tel. 0871 561806 - 335 6499393
www.edizionitabulafati.it
edizionitabulafati@yahoo.it

Gabriele Di Camillo

IL RISVEGLIO DI BRUNO

Presentazione di Dacia Maraini

Tabula fati

PRESENTAZIONE

Si apre il sipario su una grotta di montagna. Ma forse non è uno spettacolo quello a cui stiamo per assistere con la nostra fantasia di lettori, perché sembra più un documentario, è tutto così vero, la scena è descritta in maniera talmente dettagliata che ti sembra persino di vederla questa grotta, di sentirne i profumi, di ascoltare i versi degli animali che la popolano in un silenzio... abitato.

"Dentro la nostra grotta non si può dire che ci sia vero silenzio. Qui, il continuo, costante, perseverante, sommesso brusire degli insetti, il tic toc delle bacche cadenti, il rotolare dell'uva selvatica, noci e nocciole, il fruscio delle foglie, le carezze degli arbusti mossi dal vento, insieme all'acqua che scorre, scrivono un ensemble di note con pause e attacchi, degni di una vera sinfonia, e donano una meravigliosa serenità."

Una grotta incantata che sembra inventata dalla feconda immaginazione di un autore di favole.

"Ma questa non è una fiaba!" ci dice l'autore. "Questa straordinaria, meravigliosa alchimia accade in Abruzzo, una terra magica."

Una dichiarazione d'amore per la propria terra che si trasforma, anzi prende forma di leggenda, suo malgrado, in cui spiccano protagonisti gli animali delle montagne abruzzesi: un orso Bruno, di nome e di fatto, un camoscio, un lupo e un cervo.

Bruno, cucciolo, ma di 150 chili, è un Ursus Arctos

Marsicanus appena uscito dal letargo e, incuriosito da tutto questo mondo sconosciuto che gli sta intorno e dagli uomini che lo popolano con i loro elicotteri, le loro case, i loro fuoristrada, fa mille domande a quelli che identifica subito come amici... Il grande orso dal cuore bambino cattura l'attenzione di tutti.

Con lui, davanti alla sua innocenza, si crea come una tregua alla caccia atavica tra predatori e prede, sono tutti lì pronti ad esaudire la sua sete di conoscenza, la sua necessità di capire quello strano mondo che lo circonda.

Del resto è stato lo scrittore greco Esopo, ad insegnarci, duemilaseicento anni fa, coi suoi garbati apologhi nei quali leoni, zanzare, cani, volpi, rane venivano umanizzati e diventavano i protagonisti di racconti esemplari nei quali riuscivano a mettere alla berlina, sotto spoglie animali, persino imperatori e potenti, che disonestà, malvagità e violenza venivano sconfitte da onestà, bontà e desiderio di pace da quegli stessi animali che col loro esempio e le loro argomentazioni ne uscivano vincitori.

Il mondo animale, da sempre, ci ha trasmesso i fondamenti della vita civile, persino le specie che si nutrono di altre specie, non lo fanno per desiderio di conquista, di sopraffazione, ma solo per la propria sopravvivenza. Gli stessi dimostrano di sapere costruire una comunità solidale, convivere pacificamente e il mondo degli umani avrebbe ancora tanto da imparare da loro.

È interessante che Di Camillo, con un colpo di scena che non ci aspetteremmo, chiude il racconto-favola-spettacolo svelando il segreto che sta dietro la storia di Bruno. Ma questa deve rimanere una sorpresa per il lettore.

Invece bisogna dire che alla fine l'autore definisce il cerchio dentro il quale tutto il racconto ha preso vita, una circonferenza che racchiude la ragione per cui ha voluto incentrare la sua storia in questa terra straordinaria.

Ma la favola affonda le sue radici non solo in un territorio geograficamente privilegiato, bensì in una regione più sotterranea e vasta, quello del sentimento di empatia. A questo scopo Di Camillo fa entrare in scena l'ultimo, fondamentale personaggio che sconvolge il cucciolo Bruno e non gli dà pace.

Il piccolo grande orso, senza sapere né come né perché, sente che qualcosa è irrimediabilmente cambiato in lui: si trova fatalmente attratto da quella femmina di orso che gli gira intorno. Lì per lì pare sgomento ma saranno ancora quei nuovi amici, che stanno riprendendo il proprio cammino nel bosco, a rivelargli che quello che gli sta divorando le viscere, quella fitta improvvisa che lo fa sentire sul punto di morire, non è altro che il sentimento contro il quale non ci sono né armi né difese perché è semplicemente amore.

Dacia Maraini

IL RISVEGLIO DI BRUNO

Dedicato alla mia famiglia

... Tutti noi abbiamo un piccolo rifugio,
buio e impenetrabile,
l'importante è trovare una via d'uscita
verso la luce...

Paolo Cameli

PROLOGO

Parco Nazionale d'Abruzzo fine maggio 2011.

Siamo ai piedi della Montagna, dentro una grande grotta nascosta da fitta vegetazione. Massi incastonati nel terreno, rocce ricoperte di muschio, sassi enormi, tronchi e arbusti contorti dal tempo, come un atavico labirinto, creano un ambiente naturale in cui la temperatura è sempre costante, da gennaio a dicembre.

Sole e vento vengono filtrati da una intercapedine di materiali, vegetali e minerali, tali da creare un ambiente ovattato da suoni temperature e luci. Anche i tuoni, durante i temporali, vengono attutiti dalla varietà e moltitudine di tronchi, rami e foglie. Rocce, sassi, fitti arbusti, muschi generano un buio che nemmeno i lampi riescono a penetrare. I gelidi venti invernali vengono intrappolati e mitigati dalle coltri di fogliame.

All'interno della grotta, nell'angolo più riparato e basso, scende dell'acqua fresca, incontaminata e limpida. Il fiotto, proveniente dal ghiacciaio a monte, scorre da secoli. Il suo ancestrale percorso, scavando la roccia, ha creato una perfetta opera di ingegneria idraulica. L'acqua scende serena a una temperatura adatta alla vita.

Il silenzio e la calma rendono quasi magico l'interno della grotta. Il tempo e la perseverante costanza dell'acqua hanno scavato la roccia formando un abbeveratoio. Il livello è sempre a filo del bordo, quasi a formare un grande calice dall'orlo morbido e levigato.

La fresca, sottilissima rugiada mattutina, infiltrandosi, ha donato all'interno una costante umidità, dando vita a una variegata e particolare flora. Succulente piante grasse prive di spine ornano la parte esterna dell'antro. I rametti contengono succose sostanze gelatinose e cartilaginee...

Le morbide foglie gonfie di linfa, serbano un ricco composto vegetale, una vera manna proteica multivitaminica. Un solo ramoscello contiene acqua, sali minerali, vitamine, proteine, fibra grezza, con un potere nutrizionale superiore a un moderno integratore di sintesi.

Più in alto, fuori dalla grotta, all'interno di un secolare albero cavo, api depositano il miele in un piccolo magazzino reso impermeabile dalla linfa. Le dolci riserve depositate dagli operosi insetti rimangono in alto esposte ad est, verso l'Adriatico.

Fin dalle prime ore del mattino, i raggi del sole scaldano la parte alta dell'albero. Il miele, reso fluido dal calore, scende piano nel basso del tronco caldo, arrivando giù, solidificando e conformandosi all'interno di una ciotola naturale ricavata nella roccia.

Lombrichi, bruchi, larve, formiche e una moltitudine di insetti, vi coabitano, condividendo spazi in naturale e pacato equilibrio. Nocciole, noci, uva selvatica, ghiande, faggiole, frutti di bosco, pera selvatica e bacche, maturando si staccano naturalmente dai rami e, seguendo un naturale canale scosceso, cadono all'interno della grotta accumulando un inesauribile magazzino.

In questa parte ruvida, grezza, selvatica del nostro pianeta, si cela un ambiente identico a un grembo materno... un microcosmo. Un guscio incontaminato, una perfetta ed equilibrata riserva alimentare. Qui è possibile vivere senza avere mai la necessità di cercare altrove. Madre Montagna sembra aver riunito e concentrato tutti i propri figli in questa bolla, proteggendo le reciproche biodiversità.

Chissà quanto tempo la natura avrà impiegato ad evolversi... flora e piccola fauna in naturale sinergia hanno collaborato per ottenere la perfezione... Sì, possiamo parlare di perfezione. Nella nostra grotta, come uno scientifico gioco naturale tra esseri, si è innescato il fraterno rito della valenza tipico dei legami chimici.

Un interscambio di cortesie, suggerite dal reciproco bisogno di sopravvivenza. Ogni elemento - atomo -, a seconda della necessità, ha preso o donato il proprio elettrone al coinquilino bruco, lombrico, formica o altro, affinché come in una fiaba tutti potessero vivere felici e contenti.

Ma questa non è una fiaba! Questa straordinaria, meravigliosa alchimia accade in Abruzzo, una terra magica.

Si può sciare in alto sui monti e vedere in basso a est il luccichio del mare...

Si può veleggiare calmi su una silenziosa deriva e vedere in alto i monti imbiancati.

In meno di un'ora si può scendere dagli sci e salire su una barca a vela... non è fantastico?

Sì, questo può accadere e accade in Abruzzo.

Torniamo nella grotta... l'enorme "condominio" vive e dà forma a nuove possibilità di vita.

Il clima, il silenzio, il confort... l'acqua, il miele... bacche, nocciole, noci, mele... ma cos'è? Un documentario? Un film sulla natura? No è tutto incredibilmente vero. Non è magia, questa?

Sì, in queste terre d'Abruzzo accadono cose speciali. È una comunità di esseri consapevoli, il rispetto dei propri spazi è alla base della loro esistenza.

Dentro la nostra grotta non si può dire che ci sia vero silenzio. Qui, il continuo, costante, perseverante, sommesso brusire degli insetti, il tic toc delle bacche cadenti, il rotolare dell'uva selvatica, noci e nocciole, il fruscio delle foglie, le carezze degli arbusti mossi dal vento, insieme all'acqua che scorre, scrivono un ensemble di note con pause e attacchi, degni di una vera sinfonia, e donano una meravigliosa serenità.

Le lunghe interminabili pause sono sostenute dal dolce accordo dell'acqua. Il costante suono è paragonabile a un insieme di archi. Tendendo bene l'orecchio, possiamo immaginare i morbidi costanti passaggi degli archetti sulle corde...

Se poi chiudiamo gli occhi, l'armonia di maestra natura, il suo giocare su una rasserenante speciale ninna nanna... La temperatura, la giusta umidità, il morbido chiaro scuro dell'ambiente, i dolci pacati suoni e la calma, generano una sicurezza tale che viene voglia di sdraiarsi sulle foglie e rilassarsi ad occhi chiusi...

Eh sì, viene proprio voglia di accovacciarsi di lasciarsi trasportare dal sogno e dalla fantasia! Esisterà realmente il Paradiso? Mah! Nessuno può dirlo con sicurezza... Noi sì, noi possiamo... questo è il Paradiso. Il nostro Eden abruzzese. C'è tutto quello che dovrebbe esserci. Tutto. Anche il tempo è fermo... non c'è ossidazione né contaminazione con l'esterno... Tutto è al proprio posto!

Affinando l'udito, ascoltiamo un po' più lontano due strani suoni; uno grave, basso, simile a un contrabbasso monocorde eseguito con l'archetto... l'altro lieve, impercettibile, un vibrato suono nasale, tipico di un oboe stonato. Sembrano due solisti disinteressati, indipendenti dalla sinfonia di base; la loro sincopata jam-session continua imperterrita senza seguire una particolare partitura... Le note non sono decise, ben accordate, ma toni e semitoni si intersecano con cadenze costanti, scandite da un silente metronomo.

Fuori... in alto sulla grande grotta, c'è un altro albero secolare, su di un ramo, cinque giovani scoiattoli giocano a rincorrersi... Cos'è questo baccano? Cinque sono troppi; l'ultimo scoiattolo sulla punta estrema esterna del ramo cade. Rotolando diffonde un secco rapido stormire di foglie... Il frusciare violento, fa sobbalzare e tremolare le palpebre... Che sta succedendo?

Il ramo, appesantito dai simpatici roditori, si flette e rimane impigliato tra altri rami... Questa piccolissima variazione strutturale lascia trasparire un raggio di sole, sottilissimo, potente, che, alternandosi come un comunicato morse, penetra e non penetra tra i rami. L'intermittenza direzionale viene dettata dal vento che muove le fronde. Il sole, insinuandosi tra arbusti, foglie e tronchetti, viene proiettato all'interno con una sequenza irregolare, tipica dei vecchi fotogrammi fine film, proiettati sullo schermo di un cinema.

Il raggio, come un pulsante off-on, accende o spegne i due suoni sovrastanti... chi sono i due rivoluzionari vagabondi saltimbanchi del pentagramma?

Il sole ancora più caldo e forte, come avesse individuato l'unico punto debole, spinge all'interno il raggio e l'off/on diventa intermittente; come una lampadina che stia per esaurirsi. L'effetto stroboscopico, generato dal vento sul ramo, impone decisamente l'off e il conseguente silenzio. Chi sono i due maestri dell'estemporanea free jazz underwood?

Ma quale maestri! C'è un solo esecutore! E i due suoni? Come si fa a suonare insieme contrabbasso e oboe? Quando uno è bravo, è bravo!

Si può sapere, allora, chi è il polistrumentista che inquina la nostra maestosa armonia? Un perseverante, potente raggio concentrato su una pupilla, turba il dolcissimo, innocente, lungo sonno di una creatura... una piccola, piccolissima creatura di... di 150 kg.

La sua "delicata" mole, paragonata a quella degli altri condomini della grotta, è come tra una megattera e un cucciolo di formica. Il suo concerto in proprio non è altro che... un ronfare beato, con fischietto di recupero fiato in sottofondo... Chi può essere? Dentro una grotta... al buio... boh! Un orco? Mica questa è una fiaba! No, è solo e semplicemente un cucciolone, un innocuo timido, sonnacchioso cucciolo di orso. Sì, potrebbe anche trattarsi di un orso, ma certamente non può essere un cucciolo. Un cucciolo non pesa 150 chilogrammi. Siamo sulla Majella... lui è un *Ursus Arctos Marsicanus*, però non lo sa. Non sa di essere un cucciolo e probabilmente nemmeno di essere orso. Può un cucciolo d'orso pesare 150 chili? È il peso di un maschio adulto. Allora perché diciamo che è un cucciolo? È difficile da credere, ma lo è.

Com'è possibile? In questa grotta sperduta è accaduto qualcosa di inspiegabile... qualcosa di unico cui le attuali conoscenze scientifiche non saprebbero dare una risposta. È solo un cucciolo, un cucciolone troppo cresciuto appena svegliato dal letargo... Ah! Adesso si spiega! Sappiamo tutti che il letargo degli orsi non è un vero e proprio letargo, loro sonnecchiano si svegliano, a volte escono dalla tana in cerca di cibo. Il nostro amico no! Non ne ha avuto bisogno. La grotta sembra sia stata progettata su misura per lui. Dentro è stipata l'intera piramide alimentare per l'orso.

È interessante e geniale la dinamica del rifornimento... Nessuno entra, nessuno esce. Le naturali derrate entrano seguendo la logica e i ritmi delle stagioni... cibo entra, orso mangia. I vari vegetali, maturando a seconda della loro specie, scendono giù apparecchiando automaticamente la mensa. Adesso si spiega. Il "cucciolo" è così grande perché ha avuto il ristorante a fianco del letto. Non si è mai degnato di fare due passi. Però 150 chili! Mah!

La sua indolente pigrizia gli ha fatto immagazzinare grasso e nutrienti evitando di bruciare un solo milligrammo di caloria... I conti tornano! Il suo bel letto di foglie, l'armonia sonora dell'acqua fresca, la perfetta temperatura, la giusta umidità, il miele, la musica... e chi esce! Fuori fa molto freddo... Anche con il pelliccione fa freddo, a quella altitudine poi! Con quel vento! No, no, è meglio starsene dentro. Viene proprio voglia di addormentarsi... Il dolce tranquillo letargo...

Torniamo al nostro raggio. L'insistente luce lo ha svegliato per bene. Un cucciolo però è curioso. Ogni specie di cucciolo lo è, cavallo, gatto, uomo... anche il nostro amico...

Guarda, guarda quanta luce! Da dove viene? Boh! Quasi quasi vado a vedere! Ma sì, che mi può succedere? Do un'occhiatina e me ne torno a dormire. Fuori ci sarà tanta di quella neve! Meglio starsene dentro. Se c'è neve, farà freddo... Mi affaccio solo un po'... non l'ho fatto mai... Urca che forza! Non riesco a tenere gli occhi aperti... Che cos'è? Cosa c'è lì?... Oddio che sbadiglio! A momenti strappavo la pelliccia della bocca! Oh! Mamma che sonno! Uàu! Non riesco a camminare... e che cavolo, un altro sbadiglio! Che mi succede? Yaauu-wwnnn! Che sbadiglione! Ma quanto ho dormito? Che faccio, vado o dormo? Però mi sto abituando... adesso vedo meglio... riesco a guardare la luce senza strizzare gli occhi... Voglio sbirciare meglio.

Che bello! Fuori è tutto verde! E la neve? Dov'è la neve? Ma... è un sogno o realtà? Se è realtà, è meglio di un sogno, e se sogno non voglio svegliarmi. Uàu, non è solo verde! Quanti colori! Ma... non riesco ad andare avanti, troppi arbusti! Quanti rami! Come avranno fatto a crescere così fitti?

Voglio uscire... forse sarà pericoloso ma non posso non affacciarmi, mi piace! Mamma che bello, una luce così non l'avevo mai vista! Mi sono svegliato tante volte... il raggio che mi ha svegliato adesso mi sta spingendo ad andare oltre... Sarà meglio che mi fermi... la mamma mi sgriderebbe... Ma dai, adesso sposto questi tronchi, piego qualche arbusto, fletto i rami e vediamo che succede. Cosa mi potrà accadere? Sto solo dando un'occhiata!

Mamma mi diceva sempre di stare attento, di non allontanarmi dalla grotta, ma io non mi allontano... me ne sto qui intorno! È così bello fuori! Però se esco potrei imbattermi in qualche animale feroce... E se mi mangia? Mannaggia! Ma chi è che ha inventato la paura? Nessuno mi ha insegnato ad avere paura eppure mi sento di fare qualcosa di... boh! Mamma non mi faceva uscire forse perché ero troppo piccolo. Io *sono* piccolo.

Però adesso sono più forte! Tempo fa non riuscivo a spostare questo masso e adesso se spingo si muove... cavoli, sono forte! E dai, su! Mica posso sempre dormire e mangiare, mangiare e dormire... E no! Sono sempre solo! Ma da quando sono qui? Boh! Forse sto diventando matto, parlo da solo! Qui c'è un muro di arbusti...

come faccio a passare? Adesso prendo la rincorsa, mi butto di peso e vediamo se riesco ad andare oltre i rami... Uno, due e... treee!!!... Aiuutooo!!! Cadooo!!!...

L'imponente mole e la rincorsa danno peso alla spinta. Gli arbusti elastici, flettendosi, aprono una breccia ai limiti del pendio e l'orso, rotolando, rovina paurosamente a valle. Giù in basso un camoscio bruca tranquillamente ai lati di un dirupo...

IL RISVEGLIO DI BRUNO

BRUNO - Che botta! Quante capriole!! Oh! la montagna gira! Girano gli alberi, gira tutto! Ohi la testa...

CAMOSCIO - *(Spostandosi di scatto impressionato)* Che succede?

BRUNO - *(Frastornato, senza guardare)* Che ne so! Sono arrivato proprio adesso!

CAMOSCIO - ... Ti ho visto! Sei piombato come un'aquila! Lasciami stare, ho moglie e figli!

BRUNO - *(Manco lo sente)* Guarda dove sono arrivato! E la grotta? Dov'è la mia grotta? Aiuto mi sono perso!! La grotta, la grotta, dov'è la grotta? Mammaaa!!

CAMOSCIO - Calma! Alza la testa, guarda su, la grotta è lì, nessuno te la può rubare!

BRUNO - Dici? E tu chi sei? Io non ti ho fatto niente! Che vuoi da me?

CAMOSCIO - Che vuoi tu!... Perché tanta fretta... Hai fame? Tu non sei carnivoro, lasciami stare!

BRUNO - Io?... Tu, lasciami stare! Io sono bravo... non esco mai! Io gioco sempre da solo... Ecco, lo sapevo! Dovevo rimanere dentro... Aveva ragione la mamma...

CAMOSCIO - Che? Hai bevuto?

BRUNO - Sì sì, ho bevuto ho bevuto! Bevo tutti i giorni io... Appena mi sveglio, bevo... Prima di addormentarmi, bevo... bevo sempre!

CAMOSCIO - Ecco, bravo! Non bere più, che ti fa male!

BRUNO - Non bevo più!... Io non bevo più! Ba.. ba.. basta che fai il bravo! La grotta la grotta, voglio la mia grotta! Io non bevo, no, non bevo!

CAMOSCIO - Ti s'è incantato il disco? La grotta sta là! Te l'ho detto! Non la ruba nessuno!

BRUNO - Quale disco? Cos'è il disco? Io non ho il disco, non so cos'è il disco! Perché hai detto *disco*? C'entra qualcosa con la grotta? Allora torno dentro! Mi dici com'è fatto il disco?

CAMOSCIO - Tu hì schiuffàte la còcce!!

BRUNO - Che hai detto?

CAMOSCIO - Tu hì schiùff... Tu hai battuto la testa! Non capisci l'abruzzese?

BRUNO - Che hai detto?

CAMOSCIO - Mo' ti schiàffe 'na cornate!

BRUNO - Che hai detto?

CAMOSCIO - Niente! Ho detto che... insomma... rilassati... prendi fiato! Hai fatto troppi capitomboli! Non stai bene!

BRUNO - Io non sto bene? Sì, hai ragione, mi gira la testa... Sai, sono caduto da lassù!

CAMOSCIO - Lo so, ti ho visto! Se non mi spostavo, mi spezzavi in due!

BRUNO - Io? Già, quando mai, io sono bravo... Tu chi sei?

CAMOSCIO - Io sono pericoloso, molto pericoloso...

BRUNO - Ah!... Che cos'hai in testa?

CAMOSCIO - Molti ammazzerebbero per non averle! Queste sono corna!

BRUNO - Ah! E... a cosa servono?

CAMOSCIO - Le corna servono per difendermi... Non so, per bucare la pancia agli orsi che vogliono mangiare i camosci, per esempio!

BRUNO - Bucare la pa pa pancia? Perché?

CAMOSCIO - Perché se un orso vuole farmi credere che è scemo e poi mi dà una zampata per farmi stramazzare a terra... io gli faccio due buchi!

BRUNO - E perché?

CAMOSCIO - L'orso è onnivoro lo so, però dovrebbe lasciar perdere i camosci!

BRUNO - E perché?

CAMOSCIO - Senti, se provi a fare un passo falso, chiamo i miei fratelli e ti buchiamo come un colabrodo!

BRUNO - E perché?

CAMOSCIO - Senti, ci sei o ci fai?

BRUNO - E perché?

CAMOSCIO - Ci sei, ci sei... Non ci fai, tu ci sei!

BRUNO - Sì che ci sono! Prima ero lassù, sai stavo dormendo, ho visto una luce, sono uscito... e adesso ci sono... ma tu... hai detto che sei pericoloso?

CAMOSCIO - Tanto, tanto pericoloso, pericolosissimo!

BRUNO - Prima hai detto... molti ammazzerebbero per non averle!

CAMOSCIO - Sì! Le corna danno fastidio... Le corna fanno litigare, fanno odiare, fanno ammazzare...

BRUNO - Tu litighi, ammazzi e odi??

CAMOSCIO - Sì, certo! Proprio ieri ho ammazzato un orso grande come te... Sai, mi voleva mangiare... Gli ho fatto due buconi sulla pancia e poi l'ho legato al faggio con le sue budella... e poi...

BRUNO - No, no, non mi piacciono i camosci... Scuscusa, me ne vado... Torno nella grotta!

CAMOSCIO - Senti, capisco che hai battuto la testa... ma veramente hai paura di me?

BRUNO - Beh, sì, hai le corna! Litighi, ammazzi, odi!

CAMOSCIO - Ma no, no! Gli uomini, se hanno le corna, litigano, odiano e ammazzano anche! Noi no! Noi non conosciamo l'odio!

BRUNO - Nemmeno io lo conosco... Che cos'è??

CAMOSCIO - L'odio? Lo so che non lo conosci, sei un animale! Boh! È complicato, non te lo so spiegare; è roba da uomini... Lo sai che sei strano! Quanti anni hai?

BRUNO - Non lo so!

CAMOSCIO - Come, non lo sai! Non ti ho mai visto da queste parti, eppure sono nato qui vicino... Da dove vieni?

BRUNO - Dalla grotta!

CAMOSCIO - E prima di entrare nella grotta?

BRUNO - Non lo so, sono sempre stato là!

CAMOSCIO - Non sei mai uscito?

BRUNO - Ogni tanto uscivo con i miei... però adesso sono solo. Io sto bene nella grotta... poi è entrata una luce molto forte, che mi ha svegliato...

CAMOSCIO - A quest'ora?

BRUNO - Che significa a quest'ora?

CAMOSCIO - Oh, ma tu sei fuori!

BRUNO - Beh sì... Prima ero dentro, adesso sono fuori, perché, non mi vedi?

CAMOSCIO - *(Tra sé)* Oddìje quèste è scème addavère!!

BRUNO - Che hai detto?

CAMOSCIO - No, no, parlavo con me!

BRUNO - Pure io parlo con me, però le domande le penso, non me le dico, e le risposte pure... Anche se sto zitto, capisco le domande e pure le risposte... Sono bravo, vero?

CAMOSCIO - Bravissimo! *(All'improvviso alza la testa... si gira di scatto, come se avesse sentito nel-*

l'aria qualcosa di pericoloso)
BRUNO - Che è successo?
CAMOSCIO - Niente!... Falso allarme! I miei amici che stanno sul costone mi hanno segnalato una lince in avvicinamento! Però è andata via...
BRUNO - E allora? Cosa vuole la lince? Che fa la lince?
CAMOSCIO - Oh, ma tu non sai niente! Dove vivi?
BRUNO - Che devo sapere! Io vivo nella grotta, poi la luce...
CAMOSCIO - ... Una luce forte ti ha svegliato e seguendola sei uscito dalla grotta, sei caduto da lì sopra e precipitando sei arrivato qui, per poco non mi ammazzavi!
BRUNO - Chi te lo ha detto?
CAMOSCIO - L'ho letto sul *Centro*!
BRUNO - Che cos'è il *Centro*?
CAMOSCIO - È un giornale.
BRUNO - Cos'è un giornale?
CAMOSCIO - Veramente non lo sai?
BRUNO - Lo dovrei sapere?... È pericoloso non sapere?
CAMOSCIO - Pericolosissimo! Meno sai, più sei in pericolo!
BRUNO - Cos'è il giornale? Lo voglio sapere, così sono meno in pericolo!
CAMOSCIO - Come faccio a spiegartelo?
BRUNO - È difficile spiegare? Se è piegato, piano piano lo spieghi e me lo spieghi...
CAMOSCIO - Bella battuta! Bravo, brava... Sei maschio o femmina?
BRUNO - Dimmi tu!
CAMOSCIO - *(Guarda meglio)* Maschio... Cos'è il giornale! Lo vuoi sapere?
BRUNO - Sì! Non so niente! Cos'è il giornale?
CAMOSCIO - È un'invenzione degli uomini... Serve a

sapere le cose che si vogliono sapere!

BRUNO - Uomini... ehm... Serve a sapere come si litiga, si odia e si ammazza?

CAMOSCIO - Beh, in un certo senso, serve a sapere quello che è successo, pure quello che succederà... anche le liti, gli odi, le uccisioni, gli amori...

BRUNO - Amori? Cos'è amori?

CAMOSCIO - Eh eh! Tu fai troppe domande!... L'Amore è una cosa buona, molto buona, buonissima... È una sensazione meravigliosa...

BRUNO - Cos'è?

CAMOSCIO - È una sensazione unica, è come se nascessi un'altra volta!

BRUNO - Sì, ma che cos'è??

CAMOSCIO - Quando scopri l'amore, il **tuo amore**, impazzisci di gioia...

BRUNO - Sì, ma che cos'è??

CAMOSCIO - Se fa freddo, sei triste o hai fame... arriva l'amore e tu non sei più triste, non hai freddo e non hai più fame... Non hai sete!

BRUNO - Sì, ma che cos'è??

CAMOSCIO - Guarda, quando trovi l'amore... vivi solo per lei... per sempre... Ti riempie la vita!

BRUNO - Sì, ma che cos'è?

CAMOSCIO - Quando scopri l'amore, diventa la tua ragione di vita! Forse l'unica vera ragione per vivere!

BRUNO - Sì, ma che cos'è?

CAMOSCIO - È una cosa buona, molto buona...

BRUNO - Si, ma mi vuoi spiegare che cos'è?

CAMOSCIO - La cosa più buona che c'è!

BRUNO - Dove si trova?

CAMOSCIO - Non si sa... Lo puoi trovare ovunque...

BRUNO - Mi dici un posto dove c'è l'amore?

CAMOSCIO - Ma che domande mi fai! Sembri ingenuo, eppure sei grande! Lo dovresti sapere...

BRUNO - Io sono un cucciolo. Come faccio a sapere queste cose!

CAMOSCIO - Sembri un po' cresciutello per essere cucciolo...

BRUNO - *(Cantilenando)* E dai, mi dici cos'è l'amore, dove si trova l'amore, che fa l'amore? E dai, me lo dici, me lo dici?

CAMOSCIO - Guarda, se sapessi come dirtelo, te lo spiegherei, ma non posso! Non so spiegartelo!

BRUNO - Tu ce l'hai?

CAMOSCIO *(Bruca l'erba senza rispondere)*

BRUNO - Tu ce l'hai?

CAMOSCIO - Io ce l'ho!

BRUNO - Lo dai pure a me?

CAMOSCIO - Ma sei scemo?

BRUNO - Non lo so, sono scemo?

CAMOSCIO - Non mi sembra, però qualche dubbio m'è venuto!

BRUNO - Cos'è il dubbio?

CAMOSCIO - Senti, perché non te ne torni dentro la tua bella grotta?? Prima l'amore, poi il dubbio... Il dubbio... Basta! La testa, ho la testa che mi pesa!

BRUNO - Saranno le corna!

CAMOSCIO - Le corna?

BRUNO - Hai l'amore, t'è venuto il dubbio... Ti pesa la testa...

CAMOSCIO - Allora?

BRUNO - Hai le corna!

CAMOSCIO - No!

BRUNO - Sì!

CAMOSCIO - No!

BRUNO - Sì!

CAMOSCIO - No!
BRUNO - Sì!
CAMOSCIO - No, no e no!! Vuoi 'na cornata?
BRUNO - Se gli uomini hanno le corna, litigano, odiano e ammazzano! Tu non mi sembri un umano... Perché mi vuoi dare una cornata?
CAMOSCIO - Perché mi hai detto che ho le corna!
BRUNO - Ma tu le hai... le vedo... sono due... sulla testa.
CAMOSCIO - Vuoi sapere una cosa? Noi non ci conosciamo, ma ti voglio dare un consiglio da vero amico...
BRUNO - Dimmi!
CAMOSCIO - Un consiglio prezioso, devi farne tesoro!
BRUNO - Ti ascolto!
CAMOSCIO - Non dire mai a nessuno "Tu hai le corna!"
BRUNO - Ma io volevo di...
CAMOSCIO - Anche se vedi che le ha veramente, non dirlo mai!
BRUNO - Scusa, ma...
CAMOSCIO - Soprattutto se quello che ha le corna, sa di averle... Non ricordarglielo mai!
BRUNO - Perché?
CAMOSCIO - Guarda, io sono un camoscio... non è una confidenza intima. Il camoscio ha le corna. L'ho sempre saputo. Non è una novità... Ma quando mi hai chiesto dell'amore... il dubbio, il dubbio dell'amore... la testa, il peso... mi hai detto che ho le corna... m'è preso male, molto male!
BRUNO - Ho visto!
CAMOSCIO - Non so che mi è successo... scusa.
BRUNO - Hai detto che non conoscevi l'odio... Sai, quando mi hai detto *vuoi una cornata*, avevi gli

occhi strani e il pelo dritto... Secondo me volevi darmi veramente una cornata...

CAMOSCIO - Ti ho fatto questa impressione?

BRUNO - Mi hai fatto spaventare!

CAMOSCIO - Dici davvero?

BRUNO - Sono rimasto pietrificato!

CAMOSCIO - Urca, so' tosto però! Ti dispiace se lo racconto agli amici del pascolo?

BRUNO - Cosa vuoi raccontare?

CAMOSCIO - Quello che è successo!

BRUNO - Che hai le corna?

CAMOSCIO - No, ma che dici!

BRUNO - E già che scemo, hai ragione, ormai lo sanno tutti!

CAMOSCIO - Che sanno?

BRUNO - Ehm... che tu hai, hai... le

CAMOSCIO - ... Le??

BRUNO - Le co, le co...

CAMOSCIO - Le co??

BRUNO - Le convinzioni e conoscenze per spaventare un orso!

CAMOSCIO - Bravo!

BRUNO - Lo sai che ti si stava drizzando di nuovo il pelo?

CAMOSCIO - No, ma che dici, io non so odiare!

BRUNO - Ehi... Ti va di camminare un po'?

CAMOSCIO - Dove vuoi andare?

BRUNO - Non lo so... in giro...

CAMOSCIO - Con me?

BRUNO - Sì, perché non vuoi?

CAMOSCIO - Si come no! Però da queste parti gli orsi non passeggiano con i camosci... *(Cominciano a camminare)*

BRUNO - Come mai?

CAMOSCIO - E... sono un po' orsi!

BRUNO - Ma tu non sei un camoscio normale, tu puoi passeggiare e andare a testa alta!

CAMOSCIO - Non ricominciare con le corna, eh!

BRUNO - No già che corna! Tu non sei un ca-moscio!

CAMOSCIO - E chi sarei allora, una faina?

BRUNO - Tu mi hai fatto spaventare!

CAMOSCIO - E allora??

BRUNO - Sei un ca-duro... I ca-mosci, sono mosci; tu no!!! *(Ride. Camminano)* Lo sai che questa è la prima volta che esco dalla grotta da solo?

CAMOSCIO - Ma va, non ci credo... Tu sei strano, ma sei un orso adulto... Avrai almeno dieci anni...

BRUNO - No... te l'ho già detto prima, io sono un cucciolo...

CAMOSCIO - Ed io sono un cavallo!

BRUNO - Perché dici che sei un cavallo, se sei un camoscio? Perché dici così?

CAMOSCIO - Perché non credo tu sia un cucciolo... Un cucciolo è piccolo, leggero... Tu sei un bestione!

BRUNO - Grazie per il complimento!... Senti, ma qui solo tu hai le corna?

CAMOSCIO - Non ricominciare!

BRUNO - No no... volevo chiederti se... solo tu da queste parti hai quelle cose sulla testa?

CAMOSCIO - Le corna?

BRUNO - Tu l'hai detto.

CAMOSCIO - Beh no... Anche i cervi, anzi loro hanno corna ancora più grandi...

BRUNO - E poi?

CAMOSCIO - E poi... fammi pensare... ci sono le mucche, i tori... però loro vivono vicino agli uomini...

BRUNO - Gli uomini hanno le corna?

CAMOSCIO - Sì, potrebbero, però non si vedono!

BRUNO - Come non si vedono... Allora a che servono?
CAMOSCIO - Pure le donne potrebbero averle...
BRUNO - Si vedono?
CAMOSCIO - Nemmeno alle donne si vedono...
BRUNO - Sai, sarà che sono cucciolo, sarà che sono stato troppo nella grotta, sarà che ho dormito troppo, ma non capisco...
CAMOSCIO - Capisco che non capisci! Nemmeno io capisco gli uomini, tante cose non si capiscono...
BRUNO - Ma insomma, ce l'hanno o non ce l'hanno?
CAMOSCIO - Oddio mio! Ma come faccio a spiegartelo?
BRUNO - Come il giornale, se è piegato lo spieghi e me lo spieghi!
CAMOSCIO - Allora, dunque, ehm... Quelli che hanno le corna, non sanno di averle, però gli altri le vedono.
BRUNO - Gli altri chi?
CAMOSCIO - Sai, quando gli uomini o le donne passeggiano in paese, quelli dei bar dicono: *Oh guarda chi sta passando! Lo sai che lui ha le corna? Lo sai che lei ha le corna*?
BRUNO - Anche se non si vedono?
CAMOSCIO - Anche se non si vedono.
BRUNO - È un mistero?
CAMOSCIO - È un mistero.
BRUNO - Oh, che buon profumo!
CAMOSCIO - Eh sì, guarda quanti fiori... Questo è un momento magico... la natura si risveglia!
BRUNO - Anche io mi sono risvegliato, anch'io faccio parte della natura?
CAMOSCIO - Certo, sei un animale! Maggio è bello, si sentono profumi di fiori, c'è un'erba freschissima, non mi stanco mai di mangiare... poi mi faccio certe bevute d'acqua fresca...

BRUNO - Senti... ma, tu puoi mangiare quello che ti pare?
CAMOSCIO - Certo!
BRUNO - Puoi andare dove ti pare?
CAMOSCIO - Certo!
BRUNO - Anche lontano lontano? Non è pericoloso? Quali sono per te i pericoli?
CAMOSCIO - Sono tanti... Io vivo di erba e devo vivere dove trovo l'erba...
BRUNO - Beh, qui è pieno...
CAMOSCIO - Sai, però non sono solo a mangiare erba, spesso mi sposto, faccio lunghe passeggiate, e potrei incontrare i lupi...
BRUNO - E allora?
CAMOSCIO - Potrei incontrare un orso!
BRUNO - L'hai incontrato!... Io sarei un pericolo per te?
CAMOSCIO - Sì.
BRUNO - Tu avresti paura di me?
CAMOSCIO - Sì!
BRUNO - *(All'improvviso si alza sulle zampe posteriori e...)* GRAAUURR!!!!
CAMOSCIO - MA SEI SCEMO! Mi hai fatto prendere un accidente!
BRUNO - Che cos'è?
CAMOSCIO - Non lo so! Lo dicono sempre gli uomini!
BRUNO - Ti sembro pericoloso?
CAMOSCIO - Lo so che mangi frutta, insetti, lombrichi, formiche, miele... ma sei onnivoro... Se hai fame e ti capita un camoscetto tenero, potresti rappresentare una minaccia...
BRUNO - *(Lo guarda dritto negli occhi)* Ehm... in effetti sento un certo languorino... Hai ragione! Quasi quasi ti do una zannata al collo che dici?

CAMOSCIO - Oh! Non fare lo scemo!

BRUNO - Che scemo e scemo! Ho fame! Ti do una zannatina secca al collo, un colpo secco, zàk! Non ti faccio soffrire!

CAMOSCIO - Ehi, ma vaffan... ho moglie e figli, non scherzare!

BRUNO - Ma chi scherza, vieni qua! GRAAUURR!!!! TI MAANGIOOO!!!

CAMOSCIO - *(Veloce come un camoscio scatta, allontanandosi come un camoscio)* AIUTO!!!

BRUNO - *(Scoppia a ridere come un orso rotolandosi per terra con le zampe rivolte in alto così come farebbe un orso)* Oddio la pancia! Oh, povero me! Non mi sono mai divertito così tanto... Ohi ohi, non riesco a smettere!! È scappato! Che scemo! Ha paura di me! *(Lo chiama)* Ehi! Dove sei? Vieni qua! Mi hai fatto morire dal ridere!

CAMOSCIO - Ehi, ma sei matto?? Ho il cuore a pezzi!! Questo non è un gioco da ragazzi!

BRUNO - Io sono un cucciolo. Se non gioco adesso...

CAMOSCIO - Insisti! Tu sei un orso adulto, A-DULTO! Lo vuoi capire?

BRUNO - Ma va, va! Però sei un fifone! FI-FO-NE!

CAMOSCIO - Parli perché sei un orso... Io pure, se fossi un orso, qui mi sentirei tranquillo.

BRUNO - Perché gli orsi devono essere per forza tranquilli?

CAMOSCIO - Certo! Tu qui non hai nemici naturali.

BRUNO - Che vuoi dire, non capisco.

CAMOSCIO - Qui nel parco, nel bosco, nessuno può farti del male.

BRUNO - Perché dovrebbero?

CAMOSCIO - Perché, perché, perché! Sempre *perché*! Sembri proprio un cucciolo! Sempre *perché*!

BRUNO - Perché dovrebbero farmi del male?
CAMOSCIO - Non è che uno si diverta a fare del male... Può capitare, soprattutto per alcune specie...
BRUNO - Parli sempre complicato! Fammi capire.
CAMOSCIO - *(Più avanti c'è un cervo intento a brucare l'erba)* Vedi quello lì?
BRUNO - Sì... Urca che camoscione!
CAMOSCIO - Non è un camoscio... È un cervo!
BRUNO - Uèi! Guarda che cor...
CAMOSCIO - Sscccc! Zitto!
CERVO - *(All'orso)* Che dicevi?
CAMOSCIO - *(Sottovoce)* Mannaggia a te! Te l'ho spiegato prima! Adesso cosa gli racconti?
CERVO - Ehi Bruno! Dicevi?
BRUNO - *(Guarda dietro per vedere con chi stava parlando. Chiede al camoscio)* Chi è Bruno?
CAMOSCIO - Mah... forse...
CERVO - *(A Bruno)* Sei tu... non fare finta!
BRUNO - *(Chiede al camoscio)* Io sono Bruno?
CAMOSCIO - Se non lo sai tu!!
CERVO - *(A Bruno)* Ehi! Come ti chiami?
BRUNO - Io? Non mi chiamo mai, non mi sono mai chiamato, non mi chiamo perché non c'è bisogno che mi chiami. Perché poi dovrei chiamarmi? Io ci sto! Se me ne vado da me e non mi trovo, se mi perdo e non riesco a trovarmi, forse mi chiamo! Sai, sono sempre presente con me, non trovo proprio il motivo di chiamarmi... Non mi è mai capitato di allontanarmi da me. Sai, se mi capita di uscire da me e mi chiamo, te lo dico!
CERVO - Ah? Va bene, va bene!! *(Al camoscio)* Senti, ma... è amico tuo?
CAMOSCIO - Sì!

CERVO - È pericoloso?
CAMOSCIO - Boh!... È un orso.
CERVO - Già!... Come si chiama?
CAMOSCIO - Se devo essere sincero, non lo so, non gliel'ho chiesto e...
BRUNO - Io? Già! Non mi chiamo! NON MI CHIAMO! Non mi sono mai chiamato, manco la mamma mi chiamava, manco papà mi chiamava... Se non mi chiamavano loro, perché dovrei chiamarmi da solo? Io sono sempre con me. Se esco da me e non riesco a trovarmi forse mi chiamo! Se lo faccio, se mi capita di uscire da me e mi chiamo, ve lo dico!
CERVO - Tranquillo, tranquillo! Grazie! *(A bassa voce al camoscio)* Dove l'hai trovato questo?
CAMOSCIO - *(In tono confidenziale)* Zitto! È piombato dal nulla, dal cielo, prima non c'era! È arrivato all'improvviso come un falco pellegrino!
CERVO - *(Pausa)* Vola??? Santa Majella Madre! Stai attento! Però mi stava dando del cornuto!
CAMOSCIO - No già... lui voleva dire, voleva dire...
BRUNO - Guarda che corn... *(Sia il cervo che il camoscio si irrigidiscono)* Guarda che cornice stupenda, guarda il bosco, la montagna, la valle... Guardate anche voi, non è meraviglioso?
CERVO - Sì, sì, hai ragione! *(Tra sé)* Oddio, questo vola!! Scu...scusate! Che scemo! Ho dimenticato! Ho un impegno importante... Devo andare!
BRUNO - Ehi... dove vai? Perché mi hai chiamato Bruno? Mi conosci? Vieni, vieni qui!
CERVO - *(Mentre si allontana)* No no! Non ti conosco... anzi... adesso ti ho conosciuto pure trop... Ti ho chiamato Bruno perché sei un orso bruno... scusami!
BRUNO - Ehi... se esco da me e mi chiamo, ti vengo a

trovare e te lo dico!

CERVO - No, non c'è bisogno! Stai con te, non uscire... Se uno esce da sé, è difficile ritrovarsi, anche se ti chiami... Arriveder... Addio! *(Si allontana galoppando)*

BRUNO - *(Al camoscio)* Che tipo strano! Sembrava spaventato!

CAMOSCIO - No... non era spaventato, era terrorizzato! Hai visto quando gli ho detto che volavi, che eri arrivato dal cielo come un falco pellegrino?

BRUNO - Sì! È rimasto a bocca aperta, l'erba gli penzolava da un lato e gli occhi erano diventati più grandi... Non parlava più!

CAMOSCIO - Sì, è rimasto pietrificato!

BRUNO - Perché tanta paura?

CAMOSCIO - Perché gli orsi non volano... Se noi animali non conosciamo qualcosa, se non riusciamo a capire, ecco che questa cosa diventa subito una minaccia...

BRUNO - Ma io non volo!

CAMOSCIO - Lo so. Lo so che non voli! L'ho detto apposta!

BRUNO - Perché hai detto così?

CAMOSCIO - Sai, tu sei un orso... Sei bravo, ma sei pur sempre un orso... Sei forte e potresti, per lui, rappresentare una minaccia...

BRUNO - Non mi sognerei mai di mangiare un cervo... Hai visto quant'è grande!

CAMOSCIO - Era quello che cercavo di farti capire... Io mi nutro d'erba, anche lui si nutre d'erba... Se ci incontriamo sullo stesso pascolo, siccome è più grande, mi spinge ad andare via... Io, siccome sono consapevole che è più grande e forte, me ne vado.

BRUNO - E non mangi più?

CAMOSCIO - Certo che mangio! Guarda quanta ce n'è! Mi sposto in un altro pascolo... L'erba non manca mai!

BRUNO - Mai?

CAMOSCIO - Solo in inverno... Se nevica molto, spesso devo darmi da fare un po' di più!

BRUNO - Scusami, perché gli hai fatto credere che volo?

CAMOSCIO - Tu sei un orso e già un po' ti teme. Adesso sa che voli. Per lui sei un animale non inquadrabile tra quelli presenti nel parco... Non riesce a capire le tue potenzialità...

BRUNO - Ma non è vero! Lo sai che non volo, non si raccontano bugie!

CAMOSCIO - Siccome sa che sono tuo amico, adesso mi rispetterà e non mi darà più fastidio!

BRUNO - Dici?

CAMOSCIO - Sicuramente... Anzi, lo racconterà ai caprioli e agli altri animali... È un pettegolo e sicuramente lo andrà sbandierando per tutto il parco. Spero che le sue parole vengano udite dai lupi... Se loro sanno che ti conosco, mi passeranno alla larga...

BRUNO - Sei sicuro?

CAMOSCIO - No! Mai essere sicuri... I lupi non sono fessi, sono molto furbi e organizzati... però, sai... il cervo ti ha conosciuto, ha visto che sei strano e sarà convincente...

BRUNO - Perché ti preoccupi tanto dei lupi e degli altri animali?

CAMOSCIO - Perché, perché, perché! Ma tu sei davvero un cucciolo o sei scemo... I cuccioli chiedono sempre *perché*!

BRUNO - Perché?

CAMOSCIO - *(Pensiero)* Ma come fa un cucciolo a essere così grande... C'è qualcosa di strano in lui...
BRUNO - Che stai pensando?
CAMOSCIO - Niente, ti volevo spiegare che nel bosco, nel parco, c'è un equilibrio e va rispettato... un lupo non può andare d'accordo con il capriolo...
BRUNO - Perché?
CAMOSCIO - *(Tra sé)* Io divento matto, o già lo sono... Questo dove vive?
BRUNO - Adesso che pensi?
CAMOSCIO - Il capriolo, per un lupo, è come il miele per te!
BRUNO - Ma va, va!
CAMOSCIO - Il camoscio, per un lupo, è come la frutta per te!
BRUNO - Io la frutta me la mangio, mangio la mela, me la mangio veramente...
CAMOSCIO - Anche il lupo, se ha fame, mi mangia, mi mangia veramente... però prima mi scanna, mi ammazza.
BRUNO - Oddio! Ma è terribile! Sono cattivi!
CAMOSCIO - La volpe mangia i polli, mangia i topi, uccide gli animali più deboli di lei... l'aquila anche!
BRUNO - Questo non mi piace... È mostruoso! Non lo voglio sapere! Me ne torno nella grotta...
CAMOSCIO - No, no, lo devi sapere! Se devi e se vuoi vivere, devi sapere queste cose...
BRUNO - No, no, mi hai spaventato...
CAMOSCIO - È la natura, è l'equilibrio... Sia la natura che l'equilibrio vanno preservati e rispettati...
BRUNO - Io per vivere non ammazzo nessuno...
CAMOSCIO - Non è vero!
BRUNO - Io non ho mai ammazzato nessuno!

CAMOSCIO - Non è vero!
BRUNO - Sì... io mangio la frutta, le bacche, gli arbusti, la faggiola, le pere selvatiche, il miele...
CAMOSCIO - Bravo! Hai mai mangiato le formiche?
BRUNO - *(Ci pensa un po')* Sì!
CAMOSCIO - Lombrichi?
BRUNO - Sì!
CAMOSCIO - Api?
BRUNO - Sì... sì, però loro non soffrono!
CAMOSCIO - Che ne sai tu se soffrono? Hai mai parlato con qualche tuo sopravvissuto?
BRUNO - No! Però non urlano...
CAMOSCIO - Hai visto che fanno le formiche? Scavano, trasportano, lavorano... c'è anche il detto... *lavorano come formiche*; poi arrivi tu e SLURP! Una linguata e addio!
BRUNO - Ma, ma... per me è naturale!
CAMOSCIO - Sai cosa fanno le api? Vanno di fiore in fiore, fanno un lavoro duro, pesante, succhiano, trasportano, depositano, lavorano... sono organizzate... C'è una loro gerarchia di vita... poi arrivi tu e SLLURP! Addio api!
BRUNO - Basta! Torno nella grotta e ci rimango!
CAMOSCIO - No, no sbagli... devi sapere. Devi sapere che c'è l'equilibrio, l'ecosistema... I predatori, i carnivori, predano e mangiano carne... Tu sei fortunato perché ti nutri di animali minori, ti nutri di larve e insetti e non assisti allo strazio, alla disperazione di una creatura morente... È vero, è terribile, però è la natura...
BRUNO - Me ne vado nella grotta... Mi hai fatto piangere!
CAMOSCIO - No, no vieni qua! Tu sei veramente un cucciolo! Sei così sensibile, non fingi... piangi vera-

mente! Mi dispiace, non volevo ferirti... però devi sapere!

BRUNO - *(Sente un rumore forte, alza la testa e vede un aereo Canadair)* Guarda, scappa, scappiamo, è un'aquila gigantesca. Se ci vede, ci ammazza e ci mangia!! Scappa!

CAMOSCIO - *(Ride)* Dove vai? Vieni qui!

BRUNO - È grandissima! Scappa, scappa... salvati!

CAMOSCIO - Aiuto, oddio, la pancia! Mi fai morire dal ridere *(Cade a terra e comincia a galoppare con le zampe in su come farebbe un camoscio)* Vieni qua, fermati! Non è un'aquila!

BRUNO - Vola, vola veramente, lo vedi anche tu?

CAMOSCIO - Sì lo vedo, lo vedo!... Vieni! Torna qui, non ti fa niente...

BRUNO - Non ci credo, senti come strilla!

CAMOSCIO - Non strilla! Vieni qui! Sono i motori... non è un animale, è un aereo!

BRUNO - *(Torna piano, guardando in alto)* Per la Majella, quant'è grande!

CAMOSCIO - Ehi! Non si bestemmia!

BRUNO - Non ho bestemmiato!

CAMOSCIO - Lascia perdere la Majella! Se non ci fosse Lei, potresti dire addio alla tua grotta!

BRUNO - Non volevo! M'è scappato! Mamma che spavento... Che animale è l'aereo!

CAMOSCIO - Non è un animale, è un'invenzione degli uomini!

BRUNO - Perché, adesso gli uomini volano?

CAMOSCIO - Adesso? L'uomo non vola ancora, ma ha costruito una cosa che li fa volare, più in alto degli uccelli...

BRUNO - Come fa?

CAMOSCIO - Guarda, guarda con i tuoi occhi, lo vedi

come vola, come volteggia...

BRUNO - Perché strilla così... Sembra il ruglio di tanti orsi messi insieme!!!

CAMOSCIO - Quello che sentiamo non è il ruglio, è il rombo di due motori a elica... sono motori a scoppio...

BRUNO - Cos'è aereo? Cos'è il rombo? Cos'è il motore? Cos'è l'elica? Cos'è scoppio?

CAMOSCIO - Adesso scoppio io! Non ce la faccio più a reggere le tue domande!

BRUNO - E che ti ho detto?

CAMOSCIO - Hai chiesto una cosa semplicissima, hai chiesto a un comune camoscio del Parco Nazionale cos'è un aereo, un motore a scoppio, un'elica e il rombo!! Manco fossi un ingegnere aerospaziale!

BRUNO - Chi è l'ingegnere aerospaziale??

CAMOSCIO - Senti, perché non mi chiedi cos'è un Germano Reale, uno scoiattolo, una civetta, un tiglio, una quercia, un giaggiolo, un picchio, un airone, una scarpetta di Venere o Pianella della Madonna? Chiedimi queste cose, sennò esco fuori di me e non mi chiamo, mi lascio perdere!

BRUNO - Non ti arrabbiare!

CAMOSCIO - Mi hai chiesto cose difficilissime... Cos'è un aereo a un camoscio... assurdo! Sai, nemmeno gli uomini sarebbero in grado spiegare bene come funziona un aereo! Comincio veramente a pensare che tu sia realmente un cucciolo... Sembri nato una settimana fa...

BRUNO - Te l'ho detto che sono un cucciolo d'orso, allora non mi capisci?

CAMOSCIO - Ma... è assurdo! Non sai niente! *(Mentre camminano si vedono impronte di pneumatici di un fuoristrada)* Ad esempio, vedi queste orme? Cosa sono?

BRUNO - Orme!

CAMOSCIO - Bravo, se non avessi gli zoccoli ti farei un applauso!

BRUNO - Ho indovinato?

CAMOSCIO - Sì e no! Sono orme, ma di chi?

BRUNO - *(Fa la voce grossa)* Deve essere un bestione, ma un bestione grande come... boh! Un bestione grande e basta!

CAMOSCIO - Non è una bestia... È un'altra invenzione degli uomini!

BRUNO - Come l'aereo?

CAMOSCIO - Come l'aereo.

BRUNO - Vola?

CAMOSCIO - Non vola.

BRUNO - Però l'aereo vola!

CAMOSCIO - L'aereo vola perché serve che voli... Non mi chiedere perché!

BRUNO - *(Silenzio)*

CAMOSCIO - Perché non parli?

BRUNO - Pure tu hai detto perchéeee, pure tu hai detto perchéeee!! Pappappèro!!!

CAMOSCIO - *(Pensiero)* Incredibile, questo sembra un orso di due mesi!! Devo andare a vedere dentro quella grotta... Chissà cosa c'è di speciale!

BRUNO - Che pensi?

CAMOSCIO - Niente! Volevo dirti che queste sono orme di un automezzo, un'automobile chiamata fuoristrada... Si chiama così perché può camminare bene anche fuori strada... Sai cos'è una strada no?

BRUNO - Che cos'è un'automobile?

CAMOSCIO - Non lo sai!... Come non lo sai?

BRUNO - Automobile. Che ne so io che cos'è una automobile! Mai sentito parlare dell'automobile, mai vista... Nemmeno la mamma me ne ha parlato.

CAMOSCIO - Sai che cos'è un carro, un carro con le ruote? Sai cosa sono le ruote?

BRUNO - Il carro è il carro, le ruote sono due cose che girano. Quando le ruote girano, il carro si muove... Se si muove verso di qua *(indica la direzione)* il carro va di qua, se invece si muove di là...

CAMOSCIO - Allora va di là...

BRUNO - Lo sai pure tu?

CAMOSCIO - Lo so, lo so! Dimmi un po': il carro con le ruote si muove da solo??

BRUNO - Che sei matto! Come fa a muoversi da solo! Vuoi farmi spaventare? Non può muoversi da solo... Ci deve essere una forza, un cavallo, una mucca, un asino, un mulo...

CAMOSCIO - L'automobile si muove da sola.

BRUNO - Tu mi stai prendendo in giro. Non è possibile che le ruote e il carro camminino senza qualcuno che spinga o trascini...

CAMOSCIO - Senti, ti dico che si può, come l'aereo che vola... l'hai visto pure tu!

BRUNO - Ma come fa?

CAMOSCIO - Senti, io posso dirti che l'aereo è stato fatto per volare, ha le ali come un'aquila il motore che... insomma vola. L'automobile è stata fatta per camminare, ha il motore che la fa correre, ma non so dirti perché e come. Sono un camoscio.

BRUNO - Io sono un orso.

CAMOSCIO - Piacere, qua la zampa! *(Camminano)* Quella che si vede laggiù lontano è la strada, qua siamo fuori da quella strada e si chiama...

BRUNO - Fuoristrada!

CAMOSCIO - No! Questa è montagna, potrebbe essere collina, campagna, però se non è strada, gli uomini la chiamano fuoristrada, ma non è fuoristrada...

BRUNO - Ohh!! Non ho capito! Non vale, non c'azzecco mai! Non gioco più con te! E che cavolo!

CAMOSCIO - Non ti arrabbiare... Allora, l'aereo vola perché gli uomini sono intelligenti e inventano cose che li aiutano a stare meglio... Vuoi sapere che significa essere intelligenti?

BRUNO - Come hai fatto a saperlo?

CAMOSCIO - Sono intelligente! Allora, io che sono nato camoscio, potrò essere bravo e veloce, però resterò sempre e solo un camoscio.

BRUNO - Io pure resterò sempre un orso?

CAMOSCIO - Credo di sì... Tu sei un po' speciale, un caso a parte, potresti riservare altre sorprese... ma in linea di massima resterai un orso. L'uomo nasce uomo, cammina, nuota, corre come un uomo, ma ha la capacità di costruire cose che gli consentono di correre velocissimo, di volare, di andare sott'acqua... di ripararsi dal freddo, dal caldo... Può combattere e vincere anche contro animali molto più forti di lui...

BRUNO - Come fa?

CAMOSCIO - Con l'ingegno! Riesce a costruire strumenti, armi che possono offendere, spaventare e ammazzare anche stando lontano...

BRUNO - Per la Majella!

CAMOSCIO - Che ti ho detto??

BRUNO - Ma non ho bestemmiato!

CAMOSCIO - Un orso... bello, brutto, alto o basso, potrà correre forte, potrà nuotare bene, si potrà arrampicare e spingersi in alto... ma non riuscirà mai a volare!

BRUNO - Tu puoi volare?

CAMOSCIO - No.
BRUNO - Se sei intelligente, allora puoi volare, come gli uomini. Se non puoi volare, non sei intelligente, come i camosci.
CAMOSCIO - Grazie!
BRUNO - Prego!
CAMOSCIO - *(Scendono in basso)* Vieni, vieni con me... Ci facciamo una bella bevuta d'acqua fresca, così ti faccio vedere come sei grande.
BRUNO - Come fai?
CAMOSCIO - C'è un ruscello, con un piccolo laghetto, così ti puoi specchiare.
BRUNO - Sì, lo so, ci venivo con mamma e papà... però dobbiamo stare attenti a non cadere nell'acqua... sai che è pericoloso, no?
CAMOSCIO - Si lo è, ma noi andiamo a bere dove l'acqua è bassa...
BRUNO - *(Mentre camminano, Bruno si ferma bruscamente)* E questo cos'è?
CAMOSCIO - Come cos'è! È un ponte, un semplice ponte di legno...
BRUNO - Lo vedo, ma l'ultima volta che sono stato qui con i miei non c'era!
CAMOSCIO - È impossibile!
BRUNO - Come, è impossibile! Ci sono stato la primavera scorsa...
CAMOSCIO - Ehi, cucciolo! Io vivo in zona da sempre. Quel ponte è sempre stato lì!
BRUNO - Ti sbagli, qualche mese fa non c'era!
CAMOSCIO - Anche i miei genitori l'hanno sempre visto lì dov'è adesso!
BRUNO - Ti dico che a maggio scorso il ponte non c'era!
CAMOSCIO - Guarda, i miei genitori mi raccontava-

no che pure i nonni e bisnonni l'hanno sempre trovato sul posto, quindi è lì da tanti, ma tanti anni!

BRUNO - No, no, mi ricordo bene, io questo posto lo conosco, ci venivamo a bere. La mamma mi lavava nel punto basso lì *(indica).*

CAMOSCIO - Secondo me ti sbagli, ti confondi, non è il posto che dici tu!

BRUNO - Sì, sì! Me lo ricordo benissimo, insieme a mio fratello e mia sorella volevamo venire sempre qui per giocare con l'acqua... Mio padre e mia madre ci portavano quando al ruscello non c'era nessuno... Noi giocavamo con l'acqua e loro stavano attenti a non farci avvicinare da altri animali...

CAMOSCIO - Secondo me, non ti sei ancora ripreso dal ruzzolone. Va bene, va bene, a maggio scorso non c'era! Non ti scaldare! *(Arrivano al laghetto, indica con la zampa)* Ecco, guarda, ti vedi? Questo sei tu!

BRUNO - No! Non è vero! Non può essere, non posso essere io! Che acqua è? *(Mentre parla, si muove da un lato e dall'altro, cercando di capire e di ingannare il riflesso)*

CAMOSCIO - Che vuoi che sia? Acqua. Acqua e basta... quello riflesso sei tu. Io ti vedo così!

BRUNO - No, non è possibile, non sono io! Io sono cucciolo, quello è grande! Ma dove sono andato a finire! Oh povero me!! Non mi trovo! Il vero io dov'è? Mi aiuti a trovarmi? BRUNO! BRUNOOO!

CAMOSCIO - Stai zitto, che ti chiami?

BRUNO - Adesso mi chiamo, ma non mi trovo, aiutami! BRUNOO!!

CAMOSCIO - Sei ancora frastornato per i capitomboli... Sciacquati il muso, così ti rinfreschi la memoria...

BRUNO - No, no e no!! Il posto è questo! Ma quello che

mi sta guardando non sono io... Che vuole da me? Mi guarda fisso! Fa' quello che faccio io! Guarda, se mi giro, si gira pure lui!!!

CAMOSCIO - Ma va!

BRUNO - Come ho fatto a perdermi, eppure sono rimasto sempre nella grotta... Dove sono, dove sono? BRUUNOOO!!!

LUPO - *(Arriva da dietro)* Ehi! La smetti di urlare! Mi spaventi i cuccioli!

CAMOSCIO - *(Spaventatissimo)* Pe' la Majellaa!! Oddio!!!

BRUNO - Non bestemmiare!

CAMOSCIO - Stàtte zìtte! Un lupoo! Scappiamo! *(Si allontana)*

LUPO - Stai tranquillo, sono solo, ho già mangiato, vengo a bere un sorsetto d'acqua fresca...

CAMOSCIO - Non ti fidare! Scappa!

BRUNO - Ehi, amico, da dove vieni?

LUPO - Beh! Che è 'sta confidenza! Non siamo amici!

BRUNO - Scusa... Hai ragione... Sono preoccupato, molto preoccupato...

LUPO - Se ti preoccupi per me, lascia perdere, rilassati, non ho intenzione di combattere con te... Non ci penso proprio...

CAMOSCIO - *(A Bruno)* Non dare retta, non ti avvicinare!

LUPO - *(Deciso con sguardo da lupo)* La pianti di frignare? Se non la smetti, ti chiudo la bocca per sempre!

CAMOSCIO - Oh Majella Mia, aiutami!

BRUNO - Non bestemmiaaaare!

LUPO - Non ha bestemmiato, ho sentito! Ha chiesto aiuto a Madre Majella! Ascolta, camoscio. Vieni, vieni qui, non ti faccio niente. Parliamo. Lo sai che se voglio, ti acchiappo ovunque e in ogni momento?

CAMOSCIO - Lo so, lo so *(Si avvicina lentamente)*

LUPO - Senti, orso, che problema hai? Perché sei preoccupato? Io qua conosco tutti, se posso ti aiuto!

BRUNO - Mi sono perso!

LUPO - Da dove vieni?

BRUNO - Dalla grotta *(Indica)* lassù!

LUPO - *(Guarda)* E allora! Perché ti preoccupi tanto, qual è il problema? La grotta e là, mica scappa!

CAMOSCIO - Lui non ha perso l'orientamento, non è che non riesce a trovare la grotta, non riesce a trovare se stesso.

LUPO - Che cosa? *(All'orso)* È vero?

BRUNO - Sì, è così!

LUPO - Chi è 'sto Bruno che stai chiamando a squarciagola?

BRUNO - Sono io, ma non mi trovo!! Oh povero me! BRUNOOO!!

LUPO - Stàtte zìtte! Se non la smetti, fra un po' arriveranno qui tutti gli animali del bosco! *(Si abbassa e si gratta la testa con la zampa anteriore)* La faccenda è complicata!

BRUNO - Dici?

LUPO - Ehm... *(Continua a grattarsi)* Io sono un capo branco, sono abituato a risolvere problemi tutti i giorni, ma questo non mi era mai capitato... *(Al camoscio)* Vieni qua!

CAMOSCIO - Non facciamo scherzi!

LUPO - Se ti ho detto che ho mangiato, significa che ho mangiato.

CAMOSCIO - Scusa, non è che non ti credo, ma sei un lupo... Per noi camosci il lupo è sempre il lupo... Dimmi!

LUPO - Innanzitutto, ti voglio chiedere una cosa,

avvicinati *(sottovoce)*: dove lo hai trovato questo... Come fa a essere tuo amico? L'orso non va a spasso col camoscio... ma... è scemo?

CAMOSCIO - No, è solo un cucciolo!

LUPO - Tu dici che questo è un cucciolo?

CAMOSCIO - Si!

LUPO - Allora sei scemo tu!!

CAMOSCIO - Lui dice che è un cucciolo... Per me avrà intorno a 10 anni...

LUPO - Ah! Giacché stiamo parlando, mi spieghi la storia dell'orso che vola?... Sai, io ho un buon udito! Prima di rispondere, ricordati bene chi hai di fronte! Pensa anche che non sono scemo e non ho tempo da perdere... Pensaci bene.

CAMOSCIO - L'orso che vola? E che ne so io! Perché mi chiedi questo?

LUPO - Rifletti bene...

CAMOSCIO - *(Insicuro)* Perché lo vuoi sapere proprio da me?

LUPO - Hai, per caso... raccontato a qualcuno che hai visto un orso piombare dal cielo come un falco pellegrino?

CAMOSCIO - Io? Non lo so... non ricordo!

LUPO - *(Scandisce)* Pensa - bene – a - chi - hai - di - fronte...

CAMOSCIO - Ah si! Che scemo! Lo stavo raccontando al cervo...

LUPO - Bravo! Ti piace vivere, vero?

CAMOSCIO - Si, tanto! Vado matto per la vita... poi ho moglie e figli... Sì, sì, mi piace vivere!

LUPO - Bene, molto bene... Anche a me! Tu per vivere che fai?

CAMOSCIO - Io? Boh! Sì, insomma... Pascolo, mangio l'erba!

LUPO - Ed io?
CAMOSCIO - Ed io che? Non capisco!
LUPO - Io cosa faccio per vivere?
CAMOSCIO - Tu... tu non mangi l'erba!
LUPO - Già. Non mangio l'erba. Mi fa schifo. La mangio solo se non mi sento bene... ad esempio... se ho mangiato troppo camoscio, se sono sazio, allora per vomitare mangio erba!
CAMOSCIO - Pe- pe- perché hai fatto questo esempio? Ci sono caprioli, cervi, cinghiali, pecore e...
LUPO - No. Oggi mi va il camoscio... Ehm... girati, fatti guardare, sembri tenero!
CAMOSCIO - *(Comincia a indietreggiare)* Che? Non sche-sche-scherzare! Non sono tenero... sono durissimo!
LUPO - Ehm, slurp! Buono! Non mi piace la carne flaccida! Guarda che denti!
CAMOSCIO - Scu- scu scusa, hai detto che hai mangiato, perché mi guardi così??
LUPO - Perché non devi raccontare stupidaggini!
CAMOSCIO - Perché, che ho detto?
LUPO - L'orso non vola. Chiaro?
BRUNO – Che ti avevo detto? *(Al camoscio)* Le bugie non si dicono! Hai visto che figura?
CAMOSCIO - Ma io l'ho detto al cervo perché parlasse e...
LUPO - Ha parlato. Lo ha raccontato a tutti. Il bosco è in subbuglio. Sono spaventati... Adesso che facciamo?
CAMOSCIO - Che facciamo?
BRUNO - Che fate?
LUPO - Adesso non ti mangio. Avevo promesso che non ti avrei mangiato. Non prometto se non posso mantenere! Bada però a non mettere più in giro

cretinate come questa... Bada, bada bene...

CAMOSCIO - Io non volevo spaventare nessuno, volevo, credevo... pensavo...

LUPO -... Pensavi male.

BRUNO - *(Al camoscio)* Che ti avevo detto?

LUPO - Che gli avevi detto?

BRUNO - Che non si raccontano bugie!

LUPO - Hai visto com'è saggio il cucciolo?... Specchiati!

BRUNO - Ci siamo specchiati poco fa, lì, al laghetto!

LUPO - *(A Bruno)* Stai scherzando, spero!

BRUNO - No! È stato lui! Mi ha portato al ruscello e mi ha fatto specchiare... Lì ho capito che io, non sono più io!

LUPO - E chi saresti?

BRUNO - Non lo so, non lo so!! Tra me e me mi sento me stesso, però non sono, non posso essere quello che ho visto... io sono un cucciolo.

(Camminano insieme, discutono, ogni tanto rallentano, si fermano, poi riprendono a camminare)

LUPO - Non te la prendere, sai... Anch'io ero un cucciolo. Sembra ieri. Per noi animali il tempo passa in fretta... molto in fretta...

CAMOSCIO - *(Sottovoce al lupo)* La cosa che mi disorienta è che ragiona da cucciolo, fa domande da cucciolo, il comportamento è da cucciolo...

LUPO - Come lo hai conosciuto?

CAMOSCIO - Guarda, ero lassù, *(Indica)* al prato, sotto quegli alberi... Stavo mangiando tranquillo... È arrivato all'improvviso... dall'alto!

LUPO - Senti mo' ti schiàffe 'na muccicàte e ti stàcche lu còlle!!

BRUNO - No, no, fermati! Ha ragione, è vero!

LUPO - Fammi vedere le ali... Dove sono le piume??

BRUNO - No, io non volo!

CAMOSCIO - È precipitato dall'alto... dalla grotta sotto quel boschetto...

BRUNO - Sì... Non mettevo il muso fuori da tempo... dalla scorsa primavera... Prima non c'erano tutti quegli arbusti, allora ho preso la rincorsa, ho sfondato il cespuglione e sono caduto sotto... Se sapessi quanti capitomboli! Non riuscivo a fermarmi.

CAMOSCIO - Mi s'è presentato quasi sotto gli zoccoli... Mi ha fatto spaventare a morte!

LUPO - Adesso è chiaro, ho capito tutto. Che tu non voli, ne ero certo. Ora ho capito perché credi e senti di essere un cucciolo. Hai semplicemente battuto la testa. Hai perso la memoria. Tutto qui.

BRUNO - Non ho battuto la testa, me ne sarei accorto. Sono solo rotolato giù... Io sono io. Non ho dimenticato niente. Però non posso essere così grande... Come ho potuto, in così poco tempo!

LUPO - Non potresti, ma lo sei... Sai una cosa... io sono un lupo Alfa, comando, organizzo proteggo un bel branco di lupi molto svegli e agili... però mi sento ancora cucciolo... La pelliccia, i denti, le zampe, tutto il corpo è da adulto, ma il cervello pensa ancora da giovane... Che vuoi fare, il tempo non si può fermare!

BRUNO - Guarda, questo è un problema tuo... Io che ci posso fare, sono solo un cucciolo che non riesce a trovare il suo corpo... *(Guarda in avanti)* E quella cosa che cos'è?

LUPO - Non lo sai?

BRUNO - Non lo so, non c'è mai stata... mi ricordo, qui ci venivo con i miei... Quella cosa lì non c'era...

LUPO - Ci sei già stato e quella non c'era. Interessante. Quand'è l'ultima volta che sei stato qui intorno?

BRUNO - Non mi ricordo con precisione... forse ci

siamo stati la scorsa primavera... in estate, boh!
LUPO - Sai che cos'è quella cosa... che tu chiami cosa ?
BRUNO - Boh! Una cosa!
CAMOSCIO - È la caserma del Corpo Forestale dello Stato.
BRUNO - Si chiama così!... *(Scandisce)* Caserma del Corpo Forestale dello Stato... Caspita che nome lungo. Chi ce lo ha messo lì?
LUPO - Nessuno ce lo ha messo. È stato costruito sul posto da loro...
BRUNO - Cos-tru-i-to! Parli complicato.
LUPO - Realizzato, fatto... Noi facciamo, realizziamo, costruiamo tane, rifugi. Loro, case, caserme...
BRUNO - Loro chi?
CAMOSCIO - Uomini.
BRUNO - 'Sti uomini fanno tutto! Volano, corrono, costruiscono! E quando l'hanno costruito, quest'inverno?
LUPO - Quella caserma esiste da almeno 50 anni!
CAMOSCIO - Sì, forse anche 60!
BRUNO - Sentite, prima lui *(camoscio)* voleva convincermi che il ponte sul ruscello è lì da tanto tempo, adesso mi volete raccontare che la caserma esiste da 60 anni... Sono un cucciolo, ma non sono scemo.
LUPO - È proprio così! È vero! Vedi quei grandi carri strani con le ruote nere? Sono automobili costruite dagli uomini...
CAMOSCIO - Quelle che lasciano le orme grandi...
BRUNO - Fuoristrada!
LUPO - *(Meravigliato)*Bravo.
BRUNO - Sapete! Devo dirvi che da lontano non vedo benissimo, però ho un udito speciale, un olfatto incredibile... Soprattutto, ho una memoria infallibi-

le, perciò, vi assicuro che sia il ponte che la caserma, la primavera scorsa, non erano dove sono adesso!

LUPO - Impossibile!

CAMOSCIO - *(A Bruno)* Ci devi credere, tutto il bosco lo sa da tanto, tantissimo tempo!

BRUNO - E poi un'altra cosa! I miei genitori ci raccontavano tante storie, ci parlavano di tutto, non ci nascondevano niente, ma proprio niente. Sapete voi che significa *niente*?

LUPO - **CAM** *(Rispondono all'unisono)* Niente!

BRUNO - Bravi!

LUPO - **CAM** Grazie!

BRUNO - Io... se permettete credo più a loro. Credo più ai miei genitori che a voi, permettete?

CAMOSCIO - *(Chiede all'orecchio del lupo)* Tu che dici... permetti?

LUPO - *(Risponde sottovoce)* Beh, sì! I genitori! I genitori sono sacri! Sì, sì, permetto!

CAMOSCIO - *(Ancora sottovoce al lupo)* Hai ragione, i genitori so' pièzze 'e còre!

LUPO - *(Corregge sottovoce)* No, i figli so' pièzze 'e còre!

BRUNO - Permettete sì o no?

LUPO e **CAMOSCIO** - *(All'unisono, solennemente)* Permettiamo!

BRUNO - Grazie, posso capire le vostre perplessità ma io, come dicevo, credo più a loro. E loro, non solo non mi avevano parlato del ponte e della caserma, ma nemmeno dell'aereo, del motore a scoppio, dell'elica, dei rombi, delle automobili fuoristrada... Non me ne hanno mai parlato. Mai!

LUPO - *(Da lontano si intravede un elicottero)* E di quello ti hanno parlato?

BRUNO - *(Alza la testa)* Quello cos'è?

CAMOSCIO - Un elicottero!

BRUNO - Si, il fenicottero lo conosco, me ne hanno parlato: è un grande uccello...
LUPO - *Eli* non *Feni*! Elicottero, non fenicottero!
BRUNO - Beh! Che cambia, tutt'è due volano, no?
LUPO - C'è una piccola differenza, il fenicottero è un uccello, un essere vivente, un animale...
CAMOSCIO - L'elicottero invece...
LUPO - *(Lo zittisce)* Ehi!! Oltre a mangiare l'erba sei pure maleducato!
CAMOSCIO - E mo' che ho fatto?
LUPO - Stavo spiegando io! Ti intendi di elicotteri tu?
CAMOSCIO - No!
LUPO - *(Mette la zampa sul suo muso)* Allora màgne la jèrve e zìtte!
CAMOSCIO - Scusa!
LUPO - Non ci provare più!
CAMOSCIO - Volevo solo spiega...
LUPO - Chi sono io?
CAMOSCIO - Non ci provo più.
LUPO - Allora ti stavo dicendo che il fenicottero è un animale, mentre l'elicottero è...
BRUNO -... Un'altra diavoleria degli uomini?
LUPO - Esatto, bravo!
CAMOSCIO - Però non vale! Ti ha interrotto e gli dici pure bravo?
LUPO - Ho capito. Hai deciso che vuoi morire... Beh ti concedo 'na grazia! Vai a salutare tua moglie, figli e amici, poi torna qui ed io ti accoppo. Sbrigati! Veloce! Non farmi perdere tempo, che il branco mi aspetta!
BRUNO - Adesso che ti è preso! Lo vuoi uccidere solo perché ti ha interrotto?
LUPO - Certo, non capisce! Non lo vedi, mi manca di rispetto! Ma tu... lo sai che significa essere lupo?

Essere predatore? *(Al camoscio)* Ehi tu! Ancora qua stai? Vai! Corri e torna subito, che ti devo sgozzare!

CAMOSCIO - *(Comincia a piangere, alza la zampa per chiedere il permesso di parlare)* Posso parlare?

LUPO - Sbrigati, che ho fame!

CAMOSCIO - Io non volevo interromperti, non volevo, non voglio mancarti di rispetto... Cercavo solo di aiutarti a spiegare cos'è l'elicottero. Non mi permetterei mai e poi mai. Mancare di rispetto a un lupo è da folli!

LUPO - Dai, su... Spiega a Bruno cos'è l'elicottero! Fai in fretta che ti devo staccare la testa!

CAMOSCIO - *(Rivolto all'orso balbettando)* Vie - vieni qui vicino... Ve - vedi quello lì? Ade- adesso si è avvicinato... Que-que-quello a diffe-diffe-differenza dell'aereo...

LUPO - Dai, smettilaa!! Non ti mangio, su!! Mannaggia che fifone!

CAMOSCIO - Scu-scu-scu...

LUPO - Scu???

CAMOSCIO - Scusa! M'è scappata la pipì!

BRUNO - Che cosa??

CAMOSCIO - Non è che uno muore tutti i giorni!

LUPO - Oh Majella Madre! Ti volevo solo spaventare!

BRUNO - Ci sei riuscito alla grande! Sento una strana puzza! Per caso t'è scappato qualcos'altro?

CAMOSCIO - Scusatemi! *(si asciuga le lacrime con la pelliccia)*... Allora... anche l'elicottero vola ma, a differenza dell'aereo, riesce a volare stando fermo nell'aria... Guarda anche tu!

BRUNO - Cavoolii! Per mille alveari!

LUPO - Guardate, più che fenicottero sembra una grande libellula!

BRUNO - Una libruttola vuoi dire! Mica è bellula, 'sto

rumoracciolo!

CAMOSCIO - Spiritosolo!

LUPO - La smettete? C'è poco da scherzare!

BRUNO - È proprio fermo! Come fa a non cadere?

LUPO - È complicato, molto complicato! Non lo so spiegare, ma lo fa. Riesce a volare da fermo... Lo stai vedendo con i tuoi occhi, no?

BRUNO - Che roba!! Adesso che fa?

LUPO - Probabilmente ci stanno guardando con il binocolo!

BRUNO - Che cos'è?

LUPO - Non chiedermi come funziona; è uno strumento. Se tu ci guardi dentro, ti avvicina quello che stai guardando. Va bene così?

BRUNO - Chi ci sta guardando?

CAMOSCIO - Quelli che stanno dentro l'elicottero, gli uomini del Corpo Forestale dello Stato!

BRUNO - Quelli della caserma con i carri fuoristrada?

LUPO - Esatto! Vedi, si sposta avanti e indietro, si alza e si abbassa... Nemmeno gli uccelli riescono a stare fermi nell'aria... Magari solo il colibrì, ma non vive qui!

BRUNO - Le aquile possono... le ho viste!

LUPO - Si è vero, se trovano correnti ascensionali possono, ma volteggiano, non riescono a restare immobili nell'aria...

CAMOSCIO - È incredibile, semplicemente incredibile... *(all'orso)* Se te lo avessi raccontato e non l'avessi visto con i tuoi occhi, mi avresti creduto?

BRUNO - No! Nel modo più assoluto! Mamma mia! Dopo una giornata così, non mi meraviglierò più di niente!

LUPO - Senti, Bruno, parliamo molto seriamente... Io sono un lupo alfa, tu non sai che significa, ma ti assicuro che ho una grande responsabilità.

BRUNO - Che devi fare?

LUPO - La vita del lupo è difficile. Io sono il capo del mio branco... Siamo una ventina di adulti e diversi lupacchiotti... Non solo sono il capo del mio branco, ma sono il più forte del Parco Nazionale... Devo proteggere e occuparmi del branco e tenere sotto controllo il territorio... Devo tenere buoni i lupi più nervosi e proteggere i più deboli... Devo essere forte e nello stesso tempo equilibrato... Come ho sentito raccontare che in giro c'era un orso volante, senza alcun indugio ho deciso di verificare da vicino...

BRUNO - Te lo ha raccontato il cervo?

LUPO - Nel bosco le voci girano... A me non scappa niente! Sapete, una notizia così particolare andava verificata, non poteva rimanere solo una chiacchiera irrisolta... Eh sì! Noi lupi, per vivere dobbiamo faticare molto!

CAMOSCIO - La vita è dura per tutti.

LUPO - È vero! Io per vivere e tenere in vita il branco devo studiare strategie, organizzare aggressioni, pianificare imboscate... seguire le vittime per giorni, anche settimane, capire le abitudini... poi comandare, ordinare e gestire l'attacco.

BRUNO - Però non si può dire che sei tenero...

LUPO - Devo esserlo anche. Con la mia compagna, i cuccioli i lupacchiotti, gli amici... Però quando è guerra, è guerra, senza pietà! Noi siamo una squadra organizzata per uccidere... Per riuscire, dobbiamo fare molta attenzione...

CAMOSCIO - Mamma mia, che brutto mestiere!

LUPO - Non l'ho scelto... vedi... io sono molto più forte e feroce di te, ma se tu, durante un mio attacco, riuscissi a difenderti e colpirmi con le corna al cuore, potrei soccombere. Se tu riuscissi a ferirmi, potrei morire dissanguato... Se mi bucassi la pancia, potrei morire soffrendo atroci dolori, lasciando il branco allo sbando... Come vedi, bisogna studiare l'attacco alla perfezione, non posso trascurare niente, devo limitare e analizzare ogni eventuale reazione.

BRUNO - Caspita... *(Guarda il camoscio)* Noi siamo fortunati...

CAMOSCIO - Parla per te!

LUPO - Vedete, nel bosco la prudenza è fondamentale, chi si ferisce è destinato a morire... noi non abbiamo ambulatori...

CAMOSCIO - Potremmo salvarci solo se controllati e trovati dagli uomini della Forestale...

BRUNO - Da quelli che ci stanno guardando dall'alto?

LUPO - È molto difficile, il bosco è grande, però è possibile... Vi voglio rivelare un segreto... Sapete, io sono controllato a distanza... Loro sanno dove mi trovo, quanto ho camminato, dove mi sposto...

BRUNO - Loro sono sempre quelli che volano, vero?

CAMOSCIO - Sempre loro... Volano, corrono con i fuoristrada, vanno con gli sci, moto da neve...

BRUNO - Altre cose da uomini?

CAMOSCIO - Altre invenzioni degli uomini!

BRUNO - Certo però che sono forti 'sti uomini!

LUPO - *(Alza il muso annusando l'aria)* Guarda guarda chi c'è!

BRUNO - Dove? Io non vedo nessuno!

LUPO - Non senti nell'aria? Non lo vedi! È dietro quella macchia di arbusti!

CAMOSCIO - È il cervo!

BRUNO - *(Al camoscio)* Non lo vedo bene! Sono un cucciolo, no?

LUPO - *(Al camoscio)* Senti, fammi un piacere, vallo a

chiamare, fallo venire qui. Se vado io, quello scappa! *(Il camoscio esegue)*

BRUNO - Perché lo fai venire?

LUPO - Adesso che arriva vedrai!

BRUNO - Come mai l'elicottero è fermo sempre in quel punto?

LUPO - Ci stanno monitorando!

BRUNO - Che ci stanno facendo?

LUPO - Scusami! Non devo usare questi termini. Altrimenti dovrei spiegarti cos'è un monitor, un computer, la corrente elettrica, i led, le lampadine, le memorie di rete, i server, Internet, il satellite...

BRUNO - Che bello! Tutte queste cose! Dimmi, spiegami!

LUPO - Non è che non voglio, non mi basterebbe tutta la vita per tentare di spiegarti quello che non so.

BRUNO - Va bene... ma... è pericoloso?

LUPO - No, non dovrebbe... a meno che non ci atterri addosso!

BRUNO - Che ci fa?

LUPO - Atterrare significa toccare terra, scendere giù... Però, se scende e si avvicina, è come se arrivasse una tempesta d'aria violentissima... e se ti atterra addosso diventi una frittata...

BRUNO - Cos'è la frittata?

LUPO - Ah! *(Pensiero)* Dunque, dunque!... Dovrei spiegargli le uova, la padella, il fuoco... ehm... facciamo così: sai com'è fatta la cacca di mucca??

BRUNO - Sì... è una cosa schiacciata e puzzolente!

LUPO - Ecco, se ci atterra addosso diventiamo così!

BRUNO - Brutta fine!

LUPO -... Bruttissima!

(Torna il camoscio con il cervo)...

CERVO - *(Al camoscio, prima di avvicinarsi al lupo)*

Ma sei sicuro che non ci sgozza?

CAMOSCIO - Stai tranquillo!

LUPO - Buongiorno, cervo!

CERVO - Spe-spe-speriamo si-si-sia un buon gio-gio-giorno!!

LUPO - *(Al camoscio)* È balbuziente?

CAMOSCIO - È un ca, è un ca, è un ca...

BRUNO - Un cane?

CAMOSCIO - È un cacasotto!!

LUPO - Stai tranquillo, cervo. Non ho alcuna intenzione di farti del male... Senti, siccome tu hai messo in giro la storia dell'orso che vola, torna dove sei stato e di' a tutti che non è vero...

CERVO - Sì, ma... io l'ho detto perché ero convinto che fosse vero... me lo ha detto lui *(indica il camoscio)*

CAMOSCIO - Veramente io ho detto che era arrivato dall'alto come un falco pellegrino, non che volava...

CERVO - Io c'ho creduto! Era strano... cercava se stesso... Ho pensato, uno che si va cercando e non si trova è capace anche di volare... Ho creduto fosse una minaccia per tutti, così ho messo il bosco in guardia.

LUPO - Hai fatto bene, sei stato previdente e altruista. Infatti io sono arrivato per capire... Il camoscio è stato avvisato e *(lo fissa negli occhi)* non dirà più cretinate... vero?

CAMOSCIO - *(Annuisce con la testa)*

LUPO - *(Al cervo)* Come ti dicevo... Torna nel bosco e cerca di rassicurare tutti. Di' che non è vero, che l'orso volante non esiste, di' che... di' che *(guarda il camoscio)* ti hanno spiegato male. Fai il bravo, sii paziente.

CERVO - *(Alza la testa indicando l'elicottero)* Va bene! Chissà cosa stanno facendo?

LUPO - Secondo me... sono incuriositi dalla presenza di Bruno...

BRUNO - Che vogliono da me?

LUPO - Prima che mi accorgessi della presenza di lui *(cervo),* stavo dicendo che io sono controllato... Le guardie della forestale possono controllare le mie mosse...

BRUNO - Come fanno?

LUPO - Guardate, dietro la mia testa hanno sparato un chip!

BRUNO - Hanno ammazzato un pettirosso?

CERVO - Non sai cos'è un chip?

BRUNO - È il canto del pettirosso: *cip cip cip*!

CAMOSCIO - *(Al lupo)* Questo è davvero un cucciolo... Come fa ad esserlo non lo so... Ma è strano, non sa niente...

LUPO - *(Riflessivo)* Questa cosa non la capisco... Se gli uomini se ne accorgono, è un guaio, un grosso guaio...

CERVO - Oddio, no! Se lo capiscono anche loro, è la fine!

CAMOSCIO - Beh, se scoprono chi è lui...

LUPO - Sarà un guaio enorme... per tutto il bosco! Lui non sarà più in pace!

BRUNO - Che mi può succedere! Non posso essere un cucciolo? Perché vi preoccupate tanto degli uomini? Sanno fare tutte queste cose, sapranno anche capire che io...

LUPO - Lo capisci anche tu che non può essere vero... ti sei specchiato al laghetto? Ti sei visto? Sei adulto. Quello che hai visto sei tu... non ti sei perso... credimi.

CERVO - Se il comandante delle guardie se ne accorge, addio pace nel parco.

CAMOSCIO - Oh! Lo diranno al direttore del Parco, ai Carabinieri...

LUPO - Se le guardie scoprono la vera identità di Bruno... chiameranno le autorità, i giornalisti...

BRUNO - Non vi fidate più degli uomini?

LUPO - Ehm... *(Rimugina, riflette)*

CAMOSCIO - Gli uomini non sono tutti uguali... Ci sono quelli buoni e quelli cattivi!

CERVO - Anche tra gli animali, ci sono quelli buoni e quelli cattivi!

LUPO - Questa non l'ho capita, spiegami!

CERVO - Ehm... Come dire... per esempio ci sono quelli che per vivere non ammazzano, come gli erbivori e quelli...

LUPO -... Assassini come i lupi... per esempio, vero?

(I due erbivori in silenzio si avvicinano stringendosi)

LUPO - Io non ammazzerei mai, non mi piace ammazzare... non mi è mai piaciuto! Ma sono un lupo. È la mia natura. Potessi evitare... potessi vivere d'erba, brucherei... ma sono predatore... Voi non potete immaginare lo strazio, quando con i denti stringo il collo di un agnello... Il suo sguardo, le sue urla disperate... Allora divento ancora più crudele, sanguinario, feroce, spietato... Devo essere implacabile e veloce... La morte deve essere istantanea... così soffre meno...

BRUNO - Mamma mia, quanta crudeltà! Quasi quasi mi arrampico su... Torno nella grotta e non esco più! Troppe cose brutte!

LUPO - Sentite... l'elicottero è sempre lì che scruta... Ehm... secondo me li abbiamo insospettiti... Non è naturale che un cervo e un camoscio chiacchierino con un lupo e un orso... *(A Bruno)* Dobbiamo andare prima che ti sparino...

BRUNO - Che dici? Perché mai dovrebbero spararmi... Le guardie mangiano orsi?

LUPO - No, non ti ammazzano. Ti addormentano... Scendono con l'elicottero e ti impiantano un chip sotto la pelliccia. Così sei schedato, ti terranno sotto controllo... o, come dicono loro, come ti dicevo poco fa, sarai monitorato...

BRUNO - Non so che significa... ma non mi piace... torno nella grotta... Ma tu... come fai a sapere queste cose?

CERVO - Guarda che pure noi lo sappiamo... siamo moderni.

CAMOSCIO - Caro lupo... tu sei mio nemico e ti temo... sei stato di parola... non mi hai ammazzato... però quando tu ammazzi, lo fai per istinto naturale di sopravvivenza... allora noialtri, che lo sappiamo, cerchiamo di starti il più possibile lontano...

CERVO - Io non capisco i cacciatori!

BRUNO - I cacciatori li conosco... me li ricordo... me ne parlava mio padre. Bisogna nascondersi bene, sennò ti sparano... Però, pure loro ammazzano per vivere.

LUPO - I cacciatori ammazzano per vivere? Questa poi!

BRUNO - Perché, non è vero?

LUPO - È vero, ma questo accadeva tanti anni fa! Tu sai cos'è lo sport?

BRUNO - Mai sentito. Che cos'è?

LUPO - Lo sport è un nome comune... generico. Di solito è una cosa buona, ma... noi stiamo parlando dei cacciatori...

CAMOSCIO -...I cacciatori di oggi ammazzano per sport.

BRUNO - Per sport! Che significa sport? Spiegatemi.

Non capisco.

CERVO - Quand'eri cucciolo... scusami... quand'eri piccolo, giocavi mai a correre con i tuoi fratelli?

BRUNO - Tutti i giorni.

CAMOSCIO - Ecco quello è uno sport... per esempio. Un gioco, una passione!

BRUNO - Io mi divertivo... allora lo sport è una cosa buona, divertente, appassionante! Ma... non ditemi che i cacciatori...

LUPO - È quello che stai pensando... sì. Oggi nella società "civile" i cacciatori non ammazzano per vivere.

BRUNO - Si divertono? Ammazzano divertendosi? Giocano con... la vita... la nostra vita? Vorreste convincermi che adesso i cacciatori non uccidono più per nutrirsi?

LUPO - Purtroppo.

CAMOSCIO - Noi animali, non solo dobbiamo stare all'erta dai nostri nemici naturali... ma dobbiamo stare attenti a quel tipo di uomini...

CERVO - Oggi è molto più difficile di un tempo... Hanno macchine e moto che si arrampicano in alto, hanno strumenti con i quali riescono a trovarti e colpirti anche se è buio...

LUPO - Hanno fucili con tanti proiettili... con mirini di precisione. Non possono sbagliare... Se ti trovano, non hai scampo...

BRUNO - No! Questo è troppo. Questa voi la chiamate società civile? Torno nella grotta e non esco più. Non fermatemi!

(L'elicottero si alza e si allontana)

LUPO - Tu sei stato in letargo, vero?

BRUNO - È normale, sono un orso... Almeno in questo mi crederete... spero.

LUPO - Quando ti sei addormentato... ti ricordi che anno era?
BRUNO - Certo! L'anno scorso, no!
CAMOSCIO - Ti ricordi che anno era... l'anno scorso?
BRUNO - 1911.
CERVO - Sai adesso... in che anno ci troviamo?
BRUNO - 1912
LUPO - Siamo nel 2012.
BRUNO - No. Adesso basta! Non sto capendo più niente! Oggi ho visto tante cose belle ma... le cose brutte sono troppe. Troppo brutte... Non le voglio sentire più... non voglio più stare fuori...
LUPO - Caro Bruno... non so e forse nessuno lo saprà mai... Tu hai dormito cento anni... Il tuo letargo è durato un secolo... i tuoi cento anni li hai trascorsi in sonno per sei mesi... i tuoi sei mesi son durati cento anni... Quando sei caduto in letargo, nel 1911 già esistevano le automobili, ma erano rarissime. Tu non le hai mai viste, nemmeno gli aerei... il ponte e la caserma non c'erano... avevi ragione...
CAMOSCIO - Cento anni!! Cosa c'è nella tua grotta? È impossibile... cento... ma ne dimostra venti..
CERVO - Però dice di averne due!
BRUNO - Nella mia grotta ci sono finito una notte durante un temporale... Faceva molto freddo e mi sono addormentato... È arrivato il letargo...
LUPO -... Per cento anni.
CERVO - Come hai fatto a vivere senza mai uscire, senza mangiare, senza bere...
BRUNO - Ho mangiato e bevuto tutte le volte che ho avuto sete e fame... Quando ne avevo bisogno avevo tutto il necessario lì... pronto, gustoso, fresco...
CAMOSCIO - *(Isterico)* Non è possibile! Non è possibile vivere o dormire per cento anni... lo sappiamo

tutti, no!! Non è possibile... Cosa stiamo dicendo! Cosa – diavolo – stiamo - dicendo!

LUPO - *(Guarda verso la grotta)* Per Madre Majella nulla è impossibile! Ciao, cucciolo centenario... dormi bene... sogna belle cose. Stai tranquillo, nessuno saprà niente... parola di lupo *(guarda gli altri due)* vero?

BRUNO - Addio, amici, è ora di andare... non posso più stare fuori *(Guarda in alto verso la grotta)*... Non posso più stare con voi... Ne ho sentito tante, troppe... sono confuso, spaventato, smarrito... Devo, voglio tornare alla mia serenità... Mi sento stanco... molto stanco... in fondo... ho una certa età... Buona fortuna. Addio. *(Si avvia mestamente a testa bassa)*

Si sente uno strano rumore, un sordo pesante scalpitio venire dal basso... Lupo, camoscio e cervo guardano giù. C'è un animale che corre, un animale che saltella arrancando su un costone. Bruno intanto si avvia su verso la grotta, verso il suo sicuro amico grembo materno. Dovrà faticare molto, la grotta è molto in alto, il sentiero è ripido. Non importa. È l'unico posto sicuro, dove nessuno lo potrà più spaventare. Mentre si inerpica lungo il sentiero, comincia a ricordare il tranquillo torpore, i dolci lunghi sonni, i suoni... l'acqua fresca incontaminata... Più ricorda, più accelera il passo... A un certo punto sembra che rallenti... non sembra, rallenta. Cammina sempre più lentamente fino a fermarsi. Cosa fa? Si alza poggiando il busto sulle zampe posteriori... Tira su il muso, allarga e stringe le narici inspirando profondamente. Chiude gli occhi come per concentrare meglio l'odorato... Il corpo è rivolto in direzione della grotta, ma il collo è girato di lato, teso a guardare in basso.

Inspira aria così forte tanto da far rumore... Dopo questa breve pausa di riflessione, come colto da improvvisa determinazione, scende e poggia giù il corpo tornando a quattro zampe... guarda giù, inquadrando l'animale giocoso che saltella libero nell'erba alta... Ma chi sarà? L'elicottero ormai è lontano... Il rumore assume il *tum tum tum* ripetitivo ormai distante e ovattato... Camoscio, cervo e lupo, rasserenati dalla distanza del velivolo, curiosi si fermano assistendo alla scena... Bruno scende giù veloce in senso opposto, calpestando le sue stesse orme. Ha l'atteggiamento di uno che all'improvviso ha ricordato di aver dimenticato una cosa molto importante.

Arriva trafelato verso i tre amici... Loro, captando l'evento, colgono a volo il naturale avvenimento. Con tacita complicità fanno finta di ignorare la scena; girano verso il bosco avviandosi in senso diametralmente opposto all'animale in basso, ignorando falsamente l'inaspettato dietrofront di Bruno che, con fare concitato e nervosa curiosità, cerca di attirare l'attenzione dei tre amici. Loro, come consumati vecchi attori, con goliardica noncuranza tirano dritto, fingendo di non accorgersi della presenza di Bruno...

Non correva più così, da quando, cucciolo, giocava ingenuamente con i fratelli circa... circa un secolo fa... Arriva giù ansimante con un fiatone incontrollabile... Avrebbe voluto volare per arrivare prima... Comincia a chiamare, ma è interrotto dal respiro sempre più affannato e irregolare... Prova a gridare ma... sarà la gola arsa, sarà il respiro intermittente, quasi non riesce ad esprimere ed esternare suono...

BRUNO - *(Grida a squarciagola)* Ehii!! Ehiii!! Aiuto!!!... Ehiii! Mi sentite!! Aiuto!! Ehii!! Fermatevii!!

(I tre quadrupedi camminano con passo costante fianco a fianco, ignorando le urla disperate di Bruno)

BRUNO - Ehiiii!!! *(Sconvolto si alza di nuovo in posizione eretta lanciando un potente ruglio. A questo punto i tre amici, in perfetto sincronismo, si arrestano e girano su se stessi come azionati dal telecomando vocale di Bruno)* Ehiii! Fermatevi! Non mi sentite?

L'animale che saltellava allegramente nell'erba alta, si ferma, bloccato dal ruglio di Bruno, gironzola lentamente su se stesso, poi, individuando la direzione dell'urlo, si erge camminando sulle zampe posteriori. Alza il muso dirigendo il tartufo verso Bruno. Comincia a camminare come un'oca goffa ubriaca che stenta a tenere l'equilibrio... L'animale è una femmina...

Maggio è per lei un mese speciale... e si sente... l'animale è una giovane orsa, un bell'esemplare di Ursus Arctos Marsicanus pronta per formare famiglia. Bruno non lo sa. Bruno non capisce più niente. Bruno è perso, ma non cerca più se stesso... Bruno crede di morire. Bruno sta morendo...

BRUNO - *(Ormai ha raggiunto gli amici)* Oddio! Oddioooo!! Che mi succede! Mi sento male... male... male... malissimooo!

LUPO - Ehi! Ma non dovevi tornare nella tua grotta! Che ci fai qui?

BRUNO - Non lo so, non lo so! Mi viene da vomitare... ho la nausea! Che dici, morirò?

CAMOSCIO - Caro Bruno, mi dispiace... è finito l'incantesimo... Sì, morirai...

CERVO - Un orso non può vivere cento anni... Addio, Bruno!

LUPO - Mi dispiace, la natura dà, la natura prende!

BRUNO - *(Spaventato)* Oh no! No! Madre Majella mia, dove sei!! Aiuto! Sì, sto morendo, mi sento il fuoco dentro... Sento un grande vuoto allo stomaco... un vuoto infuocato!

(L'orsa intanto, incuriosita dall'odore del suo simile, si avvicina lentamente)

BRUNO - Mi sento male, mi sento... non so che mi sento! Sono ubriaco! *(Urla, ruglia di nuovo)* Mi sento stranoo!! Lupo! Lupoo! Tu sei saggio! Aiutami! Aiutami, non voglio morire...

CERVO - Mi dispiace, amico... ormai sei arrivato!

L'orsa è vicina. Bruno, concitatissimo, è infuocato dall'incomprensibile implosione ed esplosione ormonale. Non si accorge della sua presenza. Continua a chiedere e chiedersi il perché di questo dolore viscerale... È un dolore? È un piacere? È un piacevole dolore. È un dolore piacevole...

LUPO - Addio, amico... mio piccolo, grande cucciolo addio! È ora di andare... È arrivata la tua ora.

BRUNO - No! No! Non mi lasciate... State con me, non voglio morire!

CAMOSCIO - Ha ragione il lupo... dobbiamo andare...

LUPO - Fra un po' tornerò a essere lupo e loro torneranno a essere quello che sono... è la natura... la nostra natura... Noi tre abbiamo fatto un patto... un patto da creature del bosco... un patto sacro a Madre Majella... Nessuno di noi parlerà mai più di te, della tua età e della tua grotta miracolosa... Addio... amico!

BRUNO - *(Si gira e vede Lei ormai vicinissima)* Oddio, il fuoco! Ho il fuoco nella pancia! Come faccio!

Come devo fare! Mi manca l'aria... Lupo, che devo fare? Sto per svenire...

LUPO - Non posso aiutarti... sono un lupo... *(indica l'orsa)* Chiedi a lei... Andiamo! Addio!

Fanno un breve saluto con la testa, si avviano verso il bosco, allontanandosi con passo lento e lasciando Bruno disperato, in preda al suo risveglio ormonale. Poi in complice accordo si girano e...

CERVO - *(Forte e deciso a Bruno)* Ehi tu, finiscila !... E che cavolo, Basta, adesso, no?

LUPO - *(Forte)* Svegliati!

CAMOSCIO - Svegliati! Svegliati Bruno... Non stai morendo... svegliati! Non stai morendo! È L'AMORE!

L'AUTORE

Gabriele Di Camillo è nato a Pescara nel 1956, risiede a Montesilvano (PE). Ha frequentato corsi di drammaturgia recitazione regia e scrittura creativa. Scrive testi teatrali in dialetto abruzzese ed in lingua italiana. Ha scritto oltre venti commedie, tutte rappresentate.

Opere pubblicate:

Lu Tembe e la lengue, poesia dialettale con traduzione in lingua, in *Antologia Poetica del Premio Letterario Internazionale Città di Martinsicuro* (Di Felice Edizioni, Martinsicuro 2011)

Il respiro della Libertà, Vincitore Premio Internazionale "Firenze per le Culture di Pace" dedicato a Tiziano Terzani (Eurografica Vinci, Firenze 2013)

Parole da lu core, poesia dialettale, finalista al Premio Albero Andronico (Stampa Eureka, Roma 2015)

Risveglio nel Parco, racconto (Parco Nazionale Abruzzo Lazio e Molise, Villetta Barrea 2015)

Pensieri di un mietitore sul Teatro natura, saggio teatrale, in *Teatro Natura* di Sista Bramini (Editoria & Spettacolo, Spoleto 2015)

Un sabato felice, vincitore del Premio Internazionale "Firenze per le Culture di Pace" dedicato al Dalai Lama (Eurografica Vinci, Firenze 2015)

Wake up John, racconto finalista al Premio John Fante, in *Il Dio di mio Padre* (Tabula fati, Chieti 2016)

INDICE

Presentazione di Dacia Maraini 5

IL RISVEGLIO DI BRUNO

PROLOGO 11

IL RISVEGLIO DI BRUNO 23

L'Autore 75

Carta da Visita

Collana di narrativa e poesia

PICCOLINO Michele
Il pettine lungo il fiume
e altre storie improbabili
[ISBN-978-88-7475-312-3]
Pagg. 96 - Euro 9,00

TACCONELLI Gianni
Ombra e il Vecchio
Presentazione di Sandra Matteucci
[ISBN-978-88-7475-318-5]
Pagg. 80 - Euro 8,00

DI LALLA Fabrizia
Tante storie
Presentazione di Daniele Biondo
[ISBN-978-88-7475-307-9]
Pagg. 88 - Euro 8,00

LUPO TIMINI Angelo
Presuntuoso
come il pranzo di Natale
Presentazione di Francesco Durante
[ISBN-978-88-7475-333-8]
Pagg. 80 - Euro 8,00

ALLEGRINI Pina
Racconti dell'Isola
[ISBN-978-88-7475-355-0]
Pagg. 96 - Euro 8,00

DI BENEDETTO Daniela
Brividi
Presentazione di Mario Sammarone
[ISBN-978-88-7475-348-2]
Pagg. 160 - Euro 13,00

CELLUCCI Silvana
Sotto un cielo antico
Presentazione di Giancarlo Giuliani
[ISBN-978-88-7475-367-3]
Pagg. 104 - Euro 10,00

ELLENA Lodovico
Controracconti
[ISBN-978-88-7475-376-5]
Pagg. 112- Euro 10,00

ALBERTINI Annamaria
Al di là della finestra
è l'azzurro
Presentazione di Giovanni D'Alessandro
[ISBN-978-88-7475-387-1]
Pagg. 88 - Euro 9,00

DI BENEDETTO Daniela
Ida e Alessio
Presentazione di Giancarlo Giuliani
[ISBN-978-88-7475-403-8]
Pagg. 120 - Euro 10,00

GIULIANI Giancarlo
L'ombra di N.
RadioDramma in 26 quadri
Presentazione di Sandro Naglia
[ISBN-978-88-7475-402-1]
Pagg. 96 - Euro 9,00

CELLUCCI Silvana
Anima Christi
Presentazione di Giancarlo Giuliani
[ISBN-978-88-7475-405-2]
Pagg. 80 - Euro 8,00

GIANDOMENICO Gabriele
Memorie di un emigrante
Presentazione di Marco Solfanelli
[ISBN-978-88-7475-411-3]
Pagg. 80 - Euro 8,00

MOLLE Maria Gabriella
Caleidoscopio d'amore
Presentazione di Giancarlo Giuliani
[ISBN-978-88-7475-415-1]
Pagg. 104 - Euro 10,00

DI ROMANO Valentina
Ho provato a essere normale ma mi annoiavo
Presentazione di Cristina Mincione
[ISBN-978-88-7475-413-7]
Pagg. 80 - Euro 8,00

RANALLETTA Lelia
Vibrazioni
Presentazione di Giancarlo Giuliani
[ISBN-978-88-7475-427-4]
Pagg. 120 - Euro 10,00

ELLENA Lodovico
La pelle del topoceronte
Romanzo geografico
[ISBN-978-88-7475-425-0]
Pagg. 88 - Euro 9,00

GALLONE Mario
Le Maschere e il Dittatore
Il paese sfuggito alle pieghe del tempo
[ISBN-978-88-7475-423-6]
Pagg. 112 - Euro 9,00

FILOGRASSO Elisabetta
La stanza accanto
Presentazione di Giancarlo Giuliani
[ISBN-978-88-7475-435-9]
Pagg. 104 - Euro 10,00

TRIDENTE Marta
Bellum in terris
Presentazione di Giancarlo Giuliani
[ISBN-978-88-7475-445-8]
Pagg. 96 - Euro 9,00

MARINELLI Assunta
Le stanze della memoria
[ISBN-978-88-7475-460-1]
Pagg. 120 - Euro 10,00

ROSA Domenico
Pezzi
Presentazione di Simone Innocenti
[ISBN-978-88-7475-478-6]
Pagg. 72 - Euro 8,00

MALTONI Renzo
Mille e non più mille
[ISBN-978-88-7475-491-5]
Pagg. 120 - Euro 10,00

AMATI Ugo
Avec
[ISBN-978-88-7475-514-1]
Pagg. 64 - Euro 7,00

CELLUCCI Silvana
Un giornalista in cerca di novità
Presentazione di Giuseppina Fazio
[ISBN-978-88-7475-546-2]
Pagg. 112 - Euro 10,00

INDELICATO Alfonso
La devozione
[ISBN-978-88-7475-524-0]
Pagg. 136 - Euro 11,00

DI CAMILLO Gabriele
Il risveglio di Bruno
Presentazione di Dacia Maraini
[ISBN-978-88-7475-562-2]
Pagg. 80 - Euro 8,00

Finito di stampare nel mese di Luglio 2021
dalla Universal Book di Rende (CS)
per conto delle Edizioni Tabula fati
del Gruppo Editoriale Tabula Fati
Chieti